AF209148

Mein letzter Ritter der Tugend

Vorwort und Danksagung:

Endlich ist es da, mein Erstling! Ob es gut geraten ist, oder nicht – überlasse ich Euch, meinen Lesern, zu entscheiden. Ich liebe es bereits jetzt, wie jede Mutter ihr Kind liebt, mit voller Innbrunst, mit all seinen kleinen Fehlern und Makeln.

Doch diese schwere Geburt – wäre eine dauerhaft anhaltende Schwangerschaft geblieben - wenn es meine fleißigen Helfer nicht gegeben hätte. In erster Linie meine Tochter Elvira, mit der wir oft lautstark über meine Ausdrucksweise, die öfters mal sehr russisch klingt, diskutiert haben und die manchmal rigoros einen ganzen Satz überschrieb, mit der Begründung: „Das versteht hier kein Mensch!" Im Nachhinein muss ich sagen: „Sie hatte Recht, wie fast immer." Ich hätte fast „Wie immer" gesagt, aber das darf ich als Mutter nicht, sonst verliert sie völlig den Respekt vor mir.

Auch Elviras Freundinnen Sandra Klode und Randi Gollub sowie deren Mutter Lissy Gollub, standen mir stets mit Rat und Tat bei der Korrektur meiner „Pasquillen" - wie mein heiß geliebter Mann, meine Spinnereien zu nennen pflegt, zur Seite.

Ein ganz besonderes Dankeschön richte ich an meine Freundin, die Künstlerin Elena Wiebe-Siemens für ihre inspirierten Skizzen zu meinen Geschichten

Vielen Dank meine lieben Mädels!

Katharina Fast-Friesen

Mein letzter Ritter der Tugend

- Geschichten einer singenden Toilettenfrau -

Herstellung und Verlag:
Books on Demand GmbH, Norderstedt

ISBN **978-3-8423-5807-2**
Standardvermerk der Deutschen Nationalbibliothek:

Inhaltverzeichnis

Wenn meine Feder tanzt...

Wenn meine Feder tanzt, dann höre ich Musik,
sie klingt in mir mal schwärmerisch, mal schrill,
mal plätschert sie dahin, mal hör´ ich Tropfen fallen,

mal stöhnt sie, weinet bitterlich und klaget an,
mal kichert sie und jauchst, frohlocket, kokettiert
und lacht,
mal lässt sie mich auf Wolke sieben schweben,
dann stürzt sie mich in einen tiefen Abgrund rein,
doch niemals schleicht sich Langeweile ein,
wenn meine Feder auf dem weißen Zettel tanzt...

Tauch mit mir ein in meine Welt der Phantasie und Träume,
hier ist mein Domizil, hier bin ich längst kein Gast.
In dieser Welt bin ich die Königin, die Schöpferin, die Göttin!
Mit einem Federstrich kann neue Welten ich entstehen lassen,
kann Sterbende zum Leben neu erwecken,
kann Liebende vor Glück erblühen lassen,
und Bösewichte in die Hölle schmoren schicken!
Doch niemals schleicht sich Langeweile ein,
wenn meine Feder auf dem weißen Zettel tanzt...

Die Uhr tickt anders hier, mal dreht die Zeit der Zeiger wild zurück,
und bald darauf fliegt sie voran mit wilden Riesenschritten.
Hier bin ich frei, mit feinen Silberfäden spinne ich Geschichten,
voll Lebenslust, Verrat und Trauer, voll Leidenschaft, Humor, Satire.
Hier werden Wirklichkeit und Phantasie verflochten miteinander.
Hier kann ich sein, so wie ich bin: zerbrechlich, schwach und zart,
und stark wie eine Löwin, naiv und dumm, verführerisch und weise.
Doch niemals schleicht sich Langeweile ein,
wenn meine Feder auf dem weißen Zettel tanzt...

Geschichten einer singenden Toilettenfrau

Mein letzter Ritter der Tugend

Mein Mann erstarrte mit offenem Mund und weit aufgerissenen Augen, als ich ihm eines Abends offenbarte, dass ich mir überlegt habe, wenn es mit meinem Rücken nicht besser wird, und ich auf einmal nicht mehr arbeiten kann, mein Geld mit Telefonsex zu verdienen?

„Bist du von allen guten Geistern verlassen worden, Weib? Nur über meine Leiche!", brüllte er, als ich ihn mit ein paar kräftigen Schlägen aus der Erstarrung ins Leben zurückholte.

„Ich verkaufe ja nicht meinen Körper, sondern nur meine Stimme", erwiderte ich gelassen und schaute ihn mit großen unschuldigen Augen an.

„So was ziemt sich nicht, was werden die Leute sagen?" Brüllte er mich wieder an. An dieser Stelle möchte ich sagen, dass unsere sibirischen Männer bekannte Sturköpfe sind, sie rennen gerne mal mit dem Kopf gegen die Wand, wenn sie auch wissen, dass es keinen Sinn hat.

Aber das macht es für sie wohl noch interessanter, auf einmal gelingt es diesmal und sie kommen durch! Mein Mann ist da keine Ausnahme, er ist eher noch dickköpfiger als die Anderen!

Ich musste lachen: „Es braucht ja keiner zu wissen, du brauchst es ja nicht jedem auf die Nase zu binden. Du sagst einfach deine Frau ist Telefonistin, und viele sagen, dass ich eine sehr angenehme Stimme habe, das kann ich doch nutzen? Oder?" „Hast du dir mal Gedanken darüber gemacht, wie wir über die Runden kommen sollen, wenn es mit meinem Rücken nicht besser wird?"

„Überleg mal wie praktisch es ist: Ich kann den ganzen Tag zu Hause sein, kochen, backen, waschen und nebenbei mit Telefonsex mein Geld verdienen. Schließlich ist Telefonsex die einzige Arbeit, die ich auch im Liegen erledigen kann, ganz geschweige davon, dass ich die Kunden in drei Sprachen bedienen kann: russisch, deutsch und plattdeutsch! Endlich werden sich meine Sprachkenntnisse bezahlbar machen.", sagte ich und lächelte ihn mit meinem bezauberndsten Lächeln an.

„Was meinst du wie viele Bescheuerte für Sex am Telefon bezahlen werden? Es gibt bestimmt nicht viele solcher Idioten!", brüllte er erneut.

„Wenn du bloß wüsstest", lachte ich wieder. „Stell dir mal vor, nebenbei beim Backen oder Kochen bediene ich einen Kunden: - Wie ich aussehe?

Wunderschön: himmelblaue große Augen, langes blondes Haar… Ach du stehst auf schwarzes Haar? Ok, langes schwarzes Haar, volle rote Lippen…Meine Brüste?" Ich streichelte langsam meine Brüste und schaute meinen

Mann kokett an. „Die sind rund und fest wie zwei große Äpfel. Meine Taille? Die ist wespendünn, der Popo knackig, die Beine lang, und…wie bitte? Du bist gleich soweit, o, ja, ja, ja..", stöhnte ich und kicherte.

Mein Mann brach kein Wort mehr raus, seine Frau sich als Sexobjekt für andre Männer vorzustellen, ging über seine Kräfte, er schüttelte den Kopf, schnappte nach Luft und stürmte raus.

Ich konnte mir zu gut vorstellen, was im Kopf meines Mannes, den meine Tochter heimlich als den „letzten Ritter der Tugend" getauft hatte, vorging. Nach der strenger Doppelmoral unserer sibirischen Dörfer spricht man nicht über Sex, man tut „es". Immer und überall, wenn sich dazu Gelegenheit ergibt! Und zerreißt sich nachher die Mäuler über die Frauen, die „es" getan haben und auch noch so dumm sind und schwanger werden. Sie vergessen dabei völlig, dass zum „Kindermachen" zwei Personen gehören. Nein, nur die Frau ist die „Sünderin", die „Gefallene". Und nach fünfundzwanzigjähriger Ehe war ich jetzt so eine „Halbgefallene" in den Augen meines Mannes. Einerseits konnte er nicht verstehen, wie ich an „so was" denken kann? Anderseits reizte ihn die Vorstellung, seine Frau ist eine Sexgöttin, wenn auch nur im Stimmbereich, sehr. Ich war überzeugt, dass mein Moralapostel nicht abgeneigt war sich hin und wieder mal heimlich die nackten Schönheiten im Playboy anzuschauen, oder auch nachts einen so genannten „Erotikfilm" reinzuziehen. Aber mir, ihm von Gott anvertrauter Gemahlin hätte er „so etwas" nie zugetraut.

„Du hast doch nicht wirklich vor dir „damit" (Telefonsex im Zusammenhang mit seiner Ehefrau kam ihn einfach nicht über die Lippen) deine Brötchen zu verdienen?", fragte mein „einsamer Ritter der Tugend" mit künstlichem Lächeln am nächsten Morgen, als er mich zur Arbeit fuhr. „Du meintest es doch nicht ernst, oder?", und versuchte aus letzter Kraft die Fahne der Tugend zu hissen.

„Doch.", erwiderte ich kühn, „Bevor ich von Hartz 4 abhängig bin, verdiene ich mir mein Geld lieber mit Telefonsex!" Die Fahne sank und flatterte traurig im Wind. Sie hätten sein Gesicht sehen sollen. Mit verdutzter, die Welt nicht mehr verstehender Miene fuhr mein Mann zur Arbeit. Ich hatte den ganzen Tag gute Laune!

Immer, wenn mein Mann glaubt, an mir gibt´s nichts mehr neues zu entdecken, gebe ich Ihm ein neues Rätsel auf und er kann sich ein für allemal den überheblichen Gedanken: Er kenne seine Frau nach so vielen Jahren Ehe hundertprozentig, aus dem Kopf schlagen. Jetzt kann er sich wieder mal über das „rätselhafte Wesen der Frauen" den Kopf zerbrechen!

Der Tag begann herrlich!

Die singende Toilettenfrau

„**M**ama, Mama komm schnell, schau mal, wen die im Fernsehen zeigen!", rief meine Tochter, als ich gerade in der Küche das Abendessen zubereitete. Als ich einen Augenblick später in ihr Zimmer kam, wollte ich meinen Augen nicht glauben. Die zeigten im Fernsehen die singende Toilettenfrau aus Hamburg, die bei C & A arbeitete. Der Fernsehjournalist erzählte gerade, dass ein Musikproduzent sie zufällig entdeckt hatte und ihr jetzt einen Plattenvertrag anbot. Aber wie die jetzt aussah! Ich hätte sie beinahe nicht wieder erkannt! Anstatt einer etwas pummeligen und schmuddeligen Frau mittleren Alters in Gummihandschuhen und einer Klobürste in der Hand sah ich eine gut frisierte und geschminkte, elegant gekleidete attraktive junge Frau. Nur ihr schelmisches Lächeln und die funkelnden Augen waren noch dieselben geblieben!

„Na, hab ich dir nicht gleich gesagt, dass der Posten eine Zukunft hat?", fragte meine Tochter besserwisserisch. „Du hast nur gesagt, dass ich mir wegen meiner beruflichen Zukunft keine Sorgen mehr zu machen brauche."

„Falls du mal arbeitslos werden solltest, kannst du dir immer noch dein Geld als singende Toilettenfrau verdienen hast du lachend zu mir gesagt und auf die Taschen ihres weißen Arbeitskittels gezeigt, die prall mit Münzen gefüllt waren."

Weil die Frau immer gut gelaunt war und ständig Melodien aus irgendwelchen Liedern oder auch Arien aus Operetten trällerte, bekam sie - so sah es jedenfalls aus - viel mehr Trinkgeld, als die anderen Toilettenfrauen. Ich hatte mich schon gewundert, wo sie geblieben war, als ich sie beim letzten Besuch der Toilette bei C & A dort nicht antraf.

Sie hat wohl schon länger nicht mehr dort gearbeitet! Ich vermisste sie regelrecht, da es inzwischen zu unseren Tradition geworden war, beim Einkaufsbummel in Hamburg die singende Toilettenfrau zu besuchen. Wir verkniffen uns den Besuch des Stillen Örtchens sogar so lange, bis wir bei C & A auf die Toilette gehen konnten, um uns den schönen Gesang der Toilettendame nicht entgehen zu lassen! Es gehörte sogar schon zum Standartplan, sozusagen zum i-Tüpfelchen, bei den Ausflügen mit unseren zahlreichen Gästen und Verwandten in die Metropole Hamburg.

Ich war einerseits traurig, dass so eine Rarität nicht mehr zu bewundern war, anderseits freute ich mich aber aufrichtig für sie. Sie hatte geschafft, wovon Millionen träumen! Was für eine märchenhafte Karriere! Da braucht man sich nicht einmal einen dramatischen Lebenslauf auszudenken! Von der Toilettenfrau zum „Superstar"! Was klingt noch besser! Das Märchen vom Aschenputtel, das so gern immer und immer wieder von den PR-Leuten benutzt wird, ist ausnahmsweise einmal real!

„Mama, da die Stelle der singenden Toilettenfrau jetzt frei ist, kannst du dich ja für diesen Posten bewerben, vielleicht hast du auch so viel Glück und wirst eines Tages entdeckt denn Produzenten sind auch nur Leute und müssen auch mal aufs Stille Örtchen gehen, und da entdecken sie dann die trällernde Frau mit der woolklingenden Stimme und machen dich im Nu zum Weltstar!"

Ich lachte: „Erstens sollte ich dann lieber versuchen, eine Stelle in einer Toilette eines exklusiveren Geschäftes oder einer Boutique zu bekommen, oder was noch besser wäre eines Edelrestaurants, denn da gehen mit höchster Wahrscheinlichkeit mehr Produzenten und Agenten hin, als zu C & A und zweitens: Ein und dasselbe Wunder passiert niemals zweimal, und falls es doch passieren sollte, würde sich keine Sau dafür interessieren! Keiner würde glauben, dass es die Wahrheit ist!"

„Du hast mich aber auf eine gute Idee gebracht. Ich könnte ja einmal bei den Kaufhäusern und Restaurants nachfragen, ob sie nicht eine Toilettenfrau, die alle zwei oder drei Stunden in der Toilette eine Lesung mit musikalischen Einlagen eigener Lieder veranstaltet, fürs Wochenende brauchen könnten, denn schließlich muss man den Gästen ja auch auf der Toilette etwas Außergewöhnliches zu bieten haben!

Stell dir mal vor, wie gut das in einem Werbeprospekt klingen würde: Beim Besuch unserer stillvoll eingerichteter und akribisch sauberer Toilette, können sich die Gäste auf den Genuss einer Autorenlesung außergewöhnlicher Art freuen und sich vom wohlklingenden Gesang der in Rußland ausgebildeter Künstlerin in stimmungsvollem Ambiente bei einem Glas Champagner bezaubern lassen! Dass ich keine ausgebildete Künstlerin bin, ist nicht wichtig, denn in den Werbeprospekten wird ja so wieso immer maßlos übertrieben.

Vielleicht habe ich Glück, und da schneit einmal ein Agent oder Verleger herein, hört sich meine Geschichten an, bietet mir einen Vertrag an und bringt mein Buch groß heraus!"

Na ja, und wenn es nicht klappt, habe ich immer noch die Hoffnung, dass eines Tages ein hochrangiger Politiker die Toilette besucht, in der ich arbeiten würde, denn Politiker sind ja auch nur Menschen und müssen ja auch mal das Stille Örtchen besuchen. Dort könnte er sich dann persönlich davon überzeugen, dass mit der Integration der Aussiedler - *entgegen den negativen Darstellungen in den Medien, die milde gesagt nicht immer der Wahrheit entsprechen, und trotz der Berichte, die er stapelweise auf seinem Schreibtisch vorfindet -* bei weitem nicht alles schief gelaufen ist! Denn jeder beschreitet den Weg der Integration auf seine Weise. Und wenn dieser Weg auch durch Toiletten führt, kann er trotzdem ein sehr konstruktiver und erfolgreicher Weg sein!

P. S.

Sollt ihr mal in Hamburg sein, würde ich euch raten unbedingt das CCH (Congress Center Hamburg) zu besuchen. Ihr werdet da viel Interessantes sehen und hören. Das CCH steht direkt am Eingang von Planten und Blomen ein paar Schritten von der Außenalster entfernt. Da finden Kongresse und Messen statt sowie Konzerte von berühmten Sängern. Im CCH haben schon Maria Callas, Luciano

Pavarotti, ABBA, Chris de Burg, Helmut Lotti und viele andere Sänger gesungen.

Solltet ihr ein Konzert besuchen, vergesst nicht das Stille Örtchen im zweiten Stock aufzusuchen. Seit zwei Jahren arbeite ich da an Wochenenden. Ich bin mir sicher – ihr werdet mich schon finden, denn gleich im Erdgeschoss hängt ein großes Plakat von mir, mit der Einladung, die Toilette im zweiten Stock zu besuchen, um sich vom Gesang und Lesung einer Toilettendame verwöhnen zu lassen.

Was ich außerdem noch kurz erwähnen will: Im Dezember war Helmut Lotti im CCH mit seinem neuen Konzert. Die Besucher, die in der Pause die Toilette aufsuchten, in der ich arbeite, gingen nicht zurück in den Konzertsaal, die hörten sich lieber mein Programm an!

Aber das Wichtigste habe ich ja noch gar nicht erzählt – ich habe mir vom Trinkgeld meinen Traum erfüllt und mir eine Finca in der Toskana gekauft! Psst... ich hoffe, ihr seid nicht neidisch und verpetzt mich nicht beim Finanzamt.

Zum Schluss noch ein Wort an alle Skeptiker:

Glaubt ihr jetzt, dass Träume in Erfüllung gehen? Man muss sich das nur sehr, sehr wünschen, stets an seinen Traum glauben und gelegentlich etwas dafür tun!

Ein Brief nach Russland

Hallo, mein lieber Freund Scharik!

Erinnerst du dich noch an deinen besten Freund Tusik? Aber jetzt heiße ich nicht mehr Tusik, sondern Rex, ich finde es klingt irgendwie männlicher und stolzer, nicht wahr?

Ich schreibe dir aus Deutschland, wo ich jetzt glücklich, satt und zufrieden lebe. Schade, dass du dich nicht entschlossen hast, damals mit mir auszuwandern.

Aber alles der Reihe nach. Du weißt doch noch, dass ich mit meiner Familie, es waren Russlanddeutsche, nach Moskau fuhr, denn von da aus wollten wir alle zusammen nach Deutschland auswandern. Aber auf einmal überkam mich so ein Angstgefühl, dass ich im weiten, fremden Land meine Freiheit verlieren könnte! So weh es mir auch tat meine Familie zu verlassen, versteckte ich mich kurz vor dem Abflug des Flugzeugs, wenn ich auch fast vor Kummer verging.

Meine Herrchen suchten überall nach mir, aber die Zeit war knapp und so stiegen sie ohne mich ins Flugzeug. Wie hab ich das nachher bedauert, dass ich so kleingläubig gewesen war! Ich musste jetzt auf der Straße leben und war immer hungrig, na du weißt ja wie das ist! Langsam hatte ich das Hundeleben in Russland satt, ich hatte es satt, überall rumzuschnüffeln, zu winseln, um etwas Essen zu bekommen. Manchmal musste ich auch den Schwanz eingezogen, mit einer kräftigen Portion Prügel, ohne Essen davon laufen.

Eines Tages war das Maß voll! Ich beschloss jetzt doch nach Deutschland zu fahren und meine Familie zu suchen. Ich wusste zwar nicht, wo ich sie suchen sollte, ich wusste nur, dass sie immer davon gesprochen hatten, zu ihren Verwandten nach Hamburg zu fahren. Und so fuhr ich heimlich mit einem Zug nach Sankt-Petersburg und schlich mich nachts auf ein Schiff, dass von St. Petersburg nach Hamburg ging, (ein paar Knochen hatte ich als Vorrat mitgenommen), versteckte mich im Containerraum und lag da mäuschenstill bis wir in Hamburg ankamen. Schlimmer als es ist – dachte ich – kann es nicht werden. Und so fuhr ich voller Hoffnungen dem neuen Leben entgegen!

Am Hafen von Sankt-Pauli ging ich vom Bord und machte mich auf die Suche nach Essen. Plötzlich hörte ich russische Musik und sah einen Mann, der Akkordeon spielte und eine Frau, die russische Lieder sang. Du weißt doch, wie sehr ich Musik liebe, also schloss ich mich Ihnen an, jaulte und tanzte zum Takt, nahm dann den Hut, der auf der Erde lag, ins Maul und ging auf den hinteren Füßen auf das Publikum zu. Die Musiker nahmen mich in Ihre Truppe auf und fütterten mich auch, das war ja auch selbstverständlich, da mit meinen Einsatz der Erlös erheblich stieg.

Eines Tages leuchtete auch mein Glücksstern hell am Himmel auf. Eine Frau sah mich tanzen, und ich gefiel ihr so sehr, dass sie mich zu sich nahm, hatte sie ja auch ein gutes Geschäft gemacht, denn du weißt ja, wie außerordentlich talentiert und intelligent ich bin, wo hätte sie noch so billig so ein Musterexemplar bekommen?

Von dem Zeitpunkt änderte sich mein Leben bombastisch. Ich bekam verschiedenes schmackhaftes Futter aus Dosen, das man speziell für Hunde herstellt, verschiedene leckere Sorten Knochen, die überall in Supermärkten zu kaufen sind. Ich schlafe in einem schönen großen Korb, fahre mit meinem Frauchen in den Urlaub nach Italien, Spanien, Griechenland...etc. Ich habe hier sogar eine Hundeschule besucht, obwohl es meinen Frauchen ein rundes Sümmchen Geld kostete. Aber da habe ich viel gelernt, nicht nur Kampf und Verteidigungsstrategie, sondern auch gute Manieren wurden mir da beigebracht. Mit einem Wort: Ich lebe wie ein König, mein Frauchen liebt mich, erfüllt alle meine Wünsche und verwöhnt mich über alle Maßen.

Du, ich habe hier sogar mehr Rechte als die Kinder, z.B. darf ich überall auf der Straße , wo es mir Spaß macht ein „Häufchen" machen, aber sollten das mal kleine Kinder tun, würde sich gleich jemand finden, der bei der Stadtverwaltung anrufen würde, und dann würde man, so glaube ich jedenfalls, die Eltern dafür bestrafen. Ich darf auch laut in der Wohnung bellen, sind die Kinder aber laut, gibt es gleich Ärger mit den Nachbarn.

Wahrhaftig, Hunde sind hier beliebter als Kinder, sie sind viel pflegeleichter, brauchen keine teuren Markenklamotten, sind nicht so anspruchsvoll wie Kinder, bauen keinen Scheiß in der Schule und machen einem keinen Ärger, dafür schenken sie aber unbegrenzt Treue und Liebe in alle Situationen. Wenn mein Frauchen mit mir einen Spaziergang macht, finden sich immer Tierfreunde, die sie ansprechen.

„Ach, haben Sie aber einen schönen niedlichen Hund. Wie heißt der Prachtkerl? Wo dressieren Sie ihn?" Und so weiter und so fort. Da gibt es immer reichlich Stoff, um Bekanntschaften zu machen. Eine Frau mit einem kleinen Baby wird selten jemand auf der Straße anhalten, um ihr Kind zu bewundern, also sind auch keine Möglichkeiten da neue, interessante Bekanntschaften anzuknüpfen.

Aber eins, mein lieber Freund Scharik, gibt es doch, dass ich sehr vermisse, (was ich so befürchtet habe) das ist nämlich die Freiheit. Und die gab es im armen, hundeverdammten Russland reichlich. Ich erinnere mich oft, wenn ich in meinem bequemen Korb döse, wie wir die Nachbarkatzen durch die Straßen jagten, bis sie endlich zischend auf einen hohen Baum kletterten. Hund, war das ein höllischer Spaß! Aber noch viel lieber erinnere ich mich an unsere Hundehochzeiten. War das eine tolle Zeit, wenn wir alle hinter einer Hündin liefen, und gekämpft und uns gebissen haben, um ihre Gunst zu genießen. Ja, waren das Zeiten! War das eine heiße wilde Liebe!

Hier macht mir die Liebe keinen Spaß. Bevor man mich zu einer kleinen Tussi bringt, muss ich mich vom Arzt untersuchen lassen, ob ich auch gesund bin und keine ansteckenden Krankheiten habe. Dann stellt man mich der Kleinen vor, und das ist alles so förmlich und steif, dass ich keinen Spaß an der Liebe habe. Ich fühle mich nicht wie ein feuriger Liebhaber, sondern nur als ein Erzeuger. Ich habe sogar schon manchmal mit dem Gedanken gespielt fremd zu gehen, denn ich habe bei meinen Spaziergängen mit einer reizenden lustigen Hündin Bekanntschaft geschlossen. Gott sei Dank, dass ich das noch nicht gewagt habe, denn neulich sah ich im Fernsehen, dass ein Hund fremdgegangen war (ist bestimmt einer von meinen russländischen Landshunden gewesen), und jetzt sollen seine Herrschaften die Abtreibungskosten der ungewünschten Kleinen übernehmen. So etwas will ich meinem lieben Frauchen nicht antun.

Ja, mein Liebster, leider kann man nicht alles gleichzeitig haben. Immer steht man vor der Wahl: Entweder Armut, Freiheit und Liebe oder Wohlstand und Geborgenheit.

Und wie geht es dir noch immer, mein treuer Kumpel? Wenn das Leben in Russland unerträglich wird, fahr nach Sankt-Petersburg, such dir das erstbeste Schiff, dass nach Hamburg geht und komme zu mir nach Deutschland. Und wenn wir unbedingt unsere Freiheit haben wollen, können wir auch hier auf der Straße leben, die Bettler nehmen uns sehr gerne bei sich auf, die bekommen für uns sogar noch Geld beim Sozialamt, und die Leute, geben denen, wenn sie mit Hunden betteln, auch mehr Geld. Du, ich habe gestern sogar im Fernsehen gehört, dass viele Bettler über Winter nach Mallorca mit Billigfügen fliegen, da ist der Winter viel wärmer und die Leute geben den Bettlern auf den Straßen auch mehr Geld, als in Deutschland. So dass wir schon irgendwie durchkommen werden! Herzlich willkommen und...Tschüs!

PS.

Apropos Tschüs, dass Wörtchen bedeutet hier soviel wie bei und Auf Wiedersehen, oder Lebe wohl. Es ist kurz und lustig. Aber man sagt nicht einfach Tschüs, nein, man singt es Tschü-ü-üs, erst höher, dann niedriger und bringt dabei seine Musikalität und schöne Stimme zum Vorschein. Man kann es lange ziehen, freundlich übers ganze Gesicht dabei strahlen und gleichzeitig denken: „Scher dich zum Teufel!"

Aber ich meine es nicht so und deswegen sage ich einfach: „Lebe wohl mein Freund und Auf Wiedersehen!"

Dein treuer Freund Tusik.

Ein Brief aus Russland

Wuff, mein liebster Freund Tusik, alias Rex!

Dein Brief hat mich ganz durcheinander gebracht, deswegen habe ich ihn auch nicht gleich beantwortet. Du hast ja Schwein gehabt, Kumpel! Und wie gebildet du dich ausdrückst! Wuff, da fehlen mir die Worte!

Ich bin deinem Rat gefolgt und reiste vor einem Jahr nach Sankt-Petersburg. Die lange Reise von Sibirien dorthin, will ich dir hier nicht beschreiben, das ist né lange Geschichte. Ich will nur so viel sagen: Dagegen ist die Reise von Petersburg nach Moskau im Buch unseres russischen Schrifthellers Radischjew ein Klacks! Aber zum Emigrieren fehlte mir, wie dir damals auch, der Mut. Die Mentalität der Russen kenne ich ja schon gut, ich weiß, dass sie sehr aufbrausend, manchmal auch brutal sein können, aber in der Tiefe ihrer Seele auch sehr mitfühlend sind, obwohl sich das in den letzten Jahren sehr verändert hat. Das weite fremde Deutschland dagegen kenne ich überhaupt nicht. Na ja wie du schreibst, ist es da sehr schön, nach deinen Beschreibungen ist es für Hunde ein wahres Paradies, aber was ist, wenn ich nicht so viel Schwein habe wie du? Was dann? Und ich bin nicht mehr der lustige lebensfrohe Scharik, den du mal kanntest. Ich bin in den letzten Jahren in den Straßenkämpfen ziemlich abgestumpft und verkommen, denn wenn es jeden Tag nur ums nackte Überleben geht, sind einem die guten Manieren und Bildung Wurscht!

Bei uns, wie du bestimmt schon gehört hast, hat sich in den letzten Jahren sehr viel verändert, aber leider nicht alles zum Besten und schon gar nicht für solche, wie mich.

Momentan befinde ich mich in einem kleinen Kaff etliche Kilometer von Sankt-Petersburg entfernt, in einen Hundezwinger gesperrt! Du hast bestimmt gehört, dass dieses Jahr das dreihundertste Jubiläum der Stadt Sankt-Petesburg, unserer Perle des Nordens, die Peter der Große als das Fenster zu Europa bezeichnete, groß gefeiert wird. Ja, für den einen das Fenster zur Welt, für den anderen das Gitterfenster. Ich gehöre jetzt zu den Subjekten der niedrigsten Klasse unserer neuen Gesellschaft, im Staat, deren Führer so viele Jahre behaupteten, dass wir eine Gesellschaft ohne Klassenunterschiede seien, ein Staat, in dem jede Köchin zur Führerin der Sowjetunion werden könnte! Ach, wie schnell haben die doch ihre Farbe gewechselt! Die ach so an ihren hohen Idealen hängenden Kommunisten von gestern, sind die reichen korrupten Kapitalisten, Ölmagnaten und neuerdings auch der neue Adel von heute! Die Oberschicht von damals, ist die Oberschicht von heute. Endlich haben sie ihre Schafspelze abgelegt, und ihre wahren Wolfsfratzen gezeigt!

Solche wie ich passen wieder nicht ins Straßenbild des „neuen westorientierten Russlands" von heute. 1980, als in Russland die Olympiade stattfand, wurden auch alle Bettler, Säufer und Unruhestifter aus Moskau verbannt, denn im freien kommunistischen Arbeiterstaat konnte es ja keine Bettler und Unruhestifter geben, alle lebten glücklich und zufrieden wie in einem Schlaraffenland. Doch das Erwachen war schockierend! Dasselbe geschieht auch heute, nur mit anderen Begründungen!

Na ja, wenigstens bekommen wir hier Futter, wenn auch scheußliches, aber man überlebt. Ich hoffe trotzdem, dass die Verbannungszeit bald vorbei ist.

Ich habe sehr viel über deinen Brief nachgedacht. Weißt du, die Freiheit, die wir damals glaubten zu haben, war eine künstlich geschaffene Freiheit in unserer kleiner Welt, weit, weit weg in Sibirien, aber weiter reichte sie nicht. Hätten unsere Führer im Kreml nur einige Male gehört, dass wir anders oder auch lauter bellen als sie, hätten sie mit uns kurzen Prozess gemacht, dann hätten wir uns unsere Freiheit sonst wohin stecken können! Freiheit ist nicht gleich Freiheit, wenn sie nur für einige gilt und nicht für alle!

Und unsere Hundehochzeiten sind auch nicht mehr das, was sie mal waren, mit leerem Magen denkt man nicht ans feiern und Sex! Und langsam werde ich müde und alt, die Potenz lässt auch nach und für Viagra bin ich zu arm! Wir „Alten" werden langsam von den neuen jungen und skrupellosen Hunden in die Kanalisation verdrängt und da feiert man nicht Hochzeiten, sondern kämpft mit den fetten, riesigen Ratten um einen Platz unter der Erde, denn es ist ihr Reich, sie leben da schon viel länger als wir und sie geben ihr Reich auch nicht ohne Kampf ab. So sieht mein Leben momentan aus.

Ich habe aber ein paar verrückte Ideen, wie ich vielleicht doch noch in der Heimat überleben könnte, denn ich habe große Zweifel, ob ich mich in meinen alten Jahren in einem fremden Land noch anpassen könnte. Ich würde furchtbares Heimweh haben, nicht umsonst sagt man: Einen alten Baum pflanzt man nicht um.

Ich brauche nur eine kleine Starthilfe, eine kleine Finanzspritze. Da dein Frauchen, wie du schreibst, dich über alles liebt, könntest du vielleicht bei ihr ein gutes Wort für mich einlegen. Oder gib ihr einfach meinen Brief zu lesen und vielleicht erbarmt sie sich meiner und hilft mir. Du weißt ja wie stolz und unabhängig ich immer war, und so ist dir bestimmt auch bewusst, wie viel Überwindung es mich kostet, dir so was zu schreiben. Aber nur mit diesem genialen Plan kann ich den Sprung in die neue reiche Gesellschaft, in ein neues hundewürdiges Leben schaffen!

Und hier meine glorreiche Idee:

Vor meiner Verbannung habe ich monatelang ein prächtiges Schloss eines „neuen Russen" beschattet. Das Schloss ist ein Abklatsch eines Pavillons im Zarendorf, wo der berühmte Katharinenpalast steht. Die künstlich geschaffene Landschaft mit Parkanlagen, großen künstlichen Teichen und vielen Brücken und Fontänen ist genauso prunkvoll. Es ist einfach traumhaft! Die so genannten „neuen Russen" sind neuerdings auf einem anderen Trip, sie gehören auf einmal alle zum Adel. Sie gründen Adelsclubs, kaufen sich für Unsummen Adelsbriefe und behaupten allen Ernstes, dass sie die Nachfahren der berühmtesten Adelsfamilien Russlands sind!

Mein einst Observierter samt Familie sind derartig größenwahnsinnig, dass sie sogar behaupten, er sei ein Nachkomme des Zaren Alexander II. und seine werte

Gemahlin sei eine Urenkelin der Prinzessin Anastasia, der angeblich letzten überlebenden Tochter der letzten Zarin Alexandra. Und so sehen sie neuerdings auch aus. Die „neuen Russen" haben für sich die Schönheitschirurgie entdeckt und da die Russen ein Volk der Superlative sind, wird bei uns dabei maßlos übertrieben. Kurz und gut: Das Geschäft mit den Schönheits- Op´s boomt genauso wie das Geschäft mit den falschen Adelstiteln! Und so habe ich bemerkt, dass alle Familienmitglieder innerhalb kürzester Zeit sich radikal verändert haben. Der Mann sah auf einmal aus, wie der junge Wladimir Kirillowitsch Romanow, der 1992 in Miami/Florida verstorben ist. Er war der Urenkel des Zaren Alexander II. Die Frau wie die junge Alix von Hessen-Darmstadt, die künftige Zarin Russlands, und sogar die Schwiegermutter des Hausherren hat sich einer Schönheits- Op unterzogen, sie sieht aus, wie die ältere Alexandra Fjodorowna. Nur die kleinen Sprösslinge sehen noch aus wie eh und je, aber wohl nicht mehr lange, sobald sie ins Schönheits- Op - fähige Alter kommen, wird ihr Aussehen, wie ich vermute, sich ebenfalls radikal ändern. Wie dem auch sei, ich hatte mich schon ein bisschen mit den kleinen Sprösslingen angefreundet. Ich habe eine Stelle im Zaun entdeckt, durch die ich unbemerkt ins Anwesen rein schleichen kann, und da treffen wir uns dann und spielen. Wie fast alle Kinder, mögen sie Hunde sehr und sind einfach verrückt nach mir.

Und jetzt zu meiner Idee. Wie verrückt es auch klingen mag, ich will mich zu einem Rassehund umoperieren lassen, am besten zu einem Jagdhund oder Deutschen Schäferhund, mal gucken was billiger ist, dann besorge ich mir – gegen Schmiergeld kann man hier noch immer ein beliebiges Dokument kaufen – eine Urkunde und ein Halsband, in dem eingraviert ist, dass ich ein reinrassiger

Hund bin, stehle ein Paar Auszeichnungen und Medaillen, freunde mich wieder mit den Sprösslingen des Hauses an und stehe eines Tages vor der Tür der „neuen Russen" und tu so, als ob ich mich verirrt hätte. Du kennst ja mein schauspielerisches Talent und meinen Charme, wenn ich auch langsam älter werde, beherrsche ich diese Dinge noch genauso gut, wie früher. Die Kleinen und meine Reinrassigkeit werden schon - so hoffe ich - dafür sorgen, dass ich in der Familie aufgenommen werde.

So, das ist mein Plan für die Zukunft. Ich hoffe, du verstehst mich richtig und hilfst mir.

Ich drücke dich in meinen Gedanken an meine beharrte Hundebrust und küsse dich dreifach, wie unsere früheren Staatsführer es immer zu Tun pflegten. Möge unser Hundegott dich und mein Vorhaben segnen!

Wenn alles klappt, treffen wir uns hoffentlich irgendwann in Monte Carlo, au Renoir! Aber dann heiße ich vermutlich nicht mehr Scharik sondern Cäsar oder so ähnlich. Also doswidanja oder Auf Wiedersehen!

Dein treuer Kumpel Scharik.

PS. Au revoir heißt auf Französisch doswidanja. Ich lerne in meiner Verbannung fleißig französisch für Hunde, damit ich in Monte Carlo bei der besseren Hälfte unseres Hundegeschlechts höhere Chancen habe.

Ein weiterer Brief nach Russland

Wuff, mein lieber Kumpel Scharik!

Meine Freude war riesengroß, als ich endlich deinen langersehnten Brief bekam. Vielen Dank, dass du mir die Presseartikel und die ausführliche Beschreibung des Theaterstücks über die Präsidentschaftswahl geschickt

 hast. Ich habe hier viel in den Medien darüber gehört und gelesen, aber von der Seite, die du mir geschildert hast ist dieses Spektakel hier allerdings nicht beleuchtet worden. Man ist wohl sehr darauf erpicht die Freundschaft mit Russland aufrecht zu erhalten, denn schließlich haben die Russen den Gashebel in der Hand und nicht wir.

Weißt du Scharik, während der Eurovision Song Contest Abstimmung habe ich mir nichts sehnlicher gewünscht, als das Deutschland die größten Gas- und Ölvorkommnisse in Europa besäße und somit das Druckmittel schlechthin in der Hand hätte. Treu dem Motto: „ Wer nicht für uns ist – ist gegen uns" könnten wir dann jedem Land, das uns weniger als zehn Punkte gibt den Gas- und Ölhahn zudrehen!

Aber der Gerechtigkeit wegen muss ich zugeben unser Song und die Showeinlage waren echt Hundek…! Während ich es mir vor dem Flachschirmbild mit Bier und Knochen in meinem Korb gemütlich machte, wartete ich mit besonderer Freude auf den deutschen Vortrag. Meine Phantasie malte mir die unglaublichsten, heißesten Bilder aus. Von der bloßen Vorstellung, was für eine wilde Orgie Dita von Teesen für 60.000 € auf der Bühne veranstalten würde, floss mir der Speichel in Strömen aus den Mundwinkeln! Und dann kam diese lahme Nummer!

Echt, wer findet heut zu Tage noch eine sich auf dem Sofa räkelnde Frau mit Reitgerte und einen Mann in glitzernden Unterhosen erotisch? Wenn sich wenigstens der kleinste Muskel bei mir geregt hätte, wäre ich schon dankbar gewesen! Die Mehrheit der europäischen Hunde und Hündinnen erging es wohl nicht anders! Wenn die Erfinder dieses Beitrages auf die Anrufe des homosexuellen Publikums – von dem es zugegeben sehr viele in Europa gibt – und der Frauen gehofft haben, haben sie sich wohl maßlos verschätzt.

Die „vom anderen Ufer" haben im Allgemeinen einen viel besseren Geschmack, als dass sie auf solche Unterhosen stehen würden! Und die Frauen, die bekanntlich, die fleißigsten Anrufer sind, sind wenig davon begeistert, wenn Männer ihnen die Klamotten klauen und von solchen die sie dann auch noch selber tragen halten sie schon gar nichts!

Ich gebe ja zu, dass die Deutschen keine Meister im Feiern und Party machen sind, aber diesmal bin ich doch sehr von Ihnen enttäuscht. Sie haben mich in meinen Grundprinzipien erschüttert! Ich war der festen

Überzeugung, dass die Deutschen niemals einfach so, ohne Gegenleistung ihr Geld zum Fenster rauswerfen würden! Dieser Eurovision Song Contest hat mich eines Besseren belehrt! Ich muss wohl meine Ansichten über die Deutschen ziemlich korrigieren!

Den russischen Beitrag fand ich aber ehrlich gesagt auch nicht besser und die Russen selber wohl auch nicht.

Ich habe mich mal im Internet ein wenig auf den russischen Foren rumgetrieben und mit Erstaunen festgestellt, dass die Russen, was ihren Beitrag angeht, sich in zwei Lager geteilt haben:

Die eine Seite hängt einer Verschwörungstheorie an, nämlich der, dass die Geheimdienste Georgiens und der Ukraine ihre Hände im Spiel hatten und sie die ahnungslose Sängerin für Ihre Ziele missbraucht haben! Denn welche Frau lässt sich in Zeiten des Jugendwahns freiwillig vor einem Millionenpublikum alt machen! Die Arme hat anscheinend nicht gewusst, was die mit ihr zu tun vorhatten, die brauchte nachher, als sie davon erfuhr, psychologische Betreuung!

Wie dir bekannt sein dürfte, ist der Produzent und Songschreiber Grigori Meladse ein Georgier und die Sängerin Nastasja Prichodjko eine Ukrainerin. Die Beiden sind ein Export der eben erwähnten Geheimdienste und ihr Sieg im Vorentscheid in Russland ist mit den Geldern der beiden Staaten erkauft worden, um Russland vor der Weltöffentlichkeit zu blamieren.

Die andere Seite ist der Meinung, dass Medwedjew und Putin selbst die Hände im Spiel hatten und den Sieg dieses Liedes im Vorentscheid erkauft haben, damit der

Eurovision Song Contest nicht ein zweites Mal nach Russland kommt und somit das, durch die Wirtschaftskrise geschwächte Land, nicht vollkommen in den Ruin treibt! Dann würde es für die zwei Herrscher wohl höchst schwierig werden eine weitere Revolution zu verhindern!

Was denkst du darüber? Ich plädiere für die zweite Version, denn für die Ukraine und Georgien wäre der erneute Sieg der Russen doch am Vorteilhaftesten gewesen, dann wären ihre geheimen Wünsche doch endlich zur Realität geworden! Siehst du das genauso wie ich? Tja und da sage noch jemand: Musik hätte nichts mit Politik zu tun!

Ach Scharik, bei uns ist zwar einiges anders als in Russland, aber auf ihre Weise sind die Wahlen bei uns auch ein einziges Kasperletheater!

Die meisten einheimischen Hunde und vor allem unsere Aussiedlerhunde kümmern sich einen Dreck um die Politik. Leider ist den Meisten von ihnen nicht einmal bewusst, dass wenn sie nicht zur Wahl gehen, sie die Chancen auf einen Sieg der braunen Hundemeute erhöhen! Und wo wir Aussiedlerhunde dann landen, brauch ich dir wohl nicht zu erklären! Dir nicht, aber meine Landshunde sind sich dessen wohl nicht bewusst!

Aber die Medien- und Politikerhunde sind auch selbst an dieser Wählerverdrossenheit schuld!

Sie schreien nur: Wählerverdrossenheit, Wählermüdigkeit! Aber was unternehmen sie dagegen? Nichts! Mich, wundert´s nicht, dass die Wähler nicht gerne zur Wahl gehen. Als ich in Deutschland zum ersten Mal wählen durfte, war ich unheimlich aufgeregt! Es grenzte für mich an ein Wunder: – „Ich, ein einfacher Aussiedlerhund aus der ehemaligen Sowjetunion, durfte zum ersten mal an einer demokratischen Wahl teilnehmen!" Genau so maßlos war ich nachher enttäuscht! Anstatt einer lustigen Volksfeier, sah ich ein nüchtern eingerichtetes Wahllokal und alles war so förmlich, kalt und grau, dass mein Hochgefühl schlagartig in eine Depression umschlug! Das nannte man also demokratische Wahlen!

Am liebsten hätte ich mich in die Fußgängerzone gestellt und laut gebellt:

„Liebe Politiker, anstatt unnötige Wahlversprechen zu machen, die ihr sowieso vergesst, sobald man Euch gewählt hat, anstatt die Spenden für nichts aussagende und lieblos gestaltete Plakate und Flyer rauszuschmeißen - lockt das Volk lieber mit einer Wahlfeier in die Wahllokale! Denkt daran: Jeder ist käuflich! Spendiert dem Volk genug Bier, Wodka, Kuchen und Knochen! Veranstaltet eine Feier mit Schmaus, Braus und Tanz und das Volk wird sich darum prügeln, wer als erster das Wahllokal betreten darf, um aus seinem Privileg zu wählen Gebrauch zu machen! Zeigt dem Volk, wie sehr ihr es liebt und das Volk wird es Euch mit Gegenliebe danken! Wer am Ende mehr Wodka, Bier und den schmackhaftesten Kuchen spendiert – gewinnt die Wahl! So einfach ist das! Das Volk hat Eure leeren Versprechen und Wahlslogans satt!"

Ach lieber Scharik, erinnerst du dich noch an die Wahlen in der Sowjetunion? Es war immer ein grandioses Volksfest. Die Ortsverwaltung stellte Bier und Wodka bereit. Die Wahllokale waren festlich geschmückt, aus den Lautsprechern erklang fröhliche Musik, jeder wollte so schnell wie möglich seine Stimme für den einzigen KPdSU- Kandidaten abgeben, um nachher Sachen kaufen zu können, die man sonst nicht kaufen konnte. Am Wahltag dagegen, wurden die Läden mit Waren gefühlt! Wenn man dann etliche Kilos Zucker, Kaffe und - falls man Glück hatte - auch Apfelsinen ergattern könnte, war man so glücklich, dass einem das Herz vor Glück und Jubel aus der Brust herauszuspringen drohte und man in die Nacht tanzend und singend hinein feierte! Und wie dankbar war man Lenin, Breschnew und der kommunistischen Partei, dass man das Privileg hatte im schönsten und freiesten Land der Erde zu Leben!

Und was macht man hier aus den Wahlen? Anstatt dem Volk das Gefühl zu geben, dass es feiern und jubeln sollte, weil es in diesem herrlichen Land, in dem Demokratie und Freiheit herrschen, lebt, und zur Wahl ein richtiges Volksfest zu veranstalten, wird das Volk aufgerufen in triste, kalte und schmucklose Wahllokale zu gehen, in welchen auf einen nur distanzierte Wahlhelfer warten, die dich so förmlich, kalt und steif behandeln, dass dir eine Beerdigungsfeier in Russland begehrenswerter und lebensbejahender erscheint, als der Besuch eines Wahllokals in Deutschland!

Und was gibt es bei dir Neues? Hast du das Geld für die Operation von mir bekommen? Wann wirst du operiert?

Ich habe ja ganz vergessen dir das Wichtigste zu erzählen! Ich reise bald in die USA. Wie sich rausgestellt hat, bin ich mit einigen Mennonitenhunden dort verwandt, die schon im neunzehnten Jahrhundert aus Russland nach Kanada emigriert sind! Und stell dir mal vor mit wem? Halt dich fest, damit du nicht umkippst: - es ist kein anderer, als der Erfinder der Simpsons…! Daher kamen mir die Familienmitglieder immer so bekannt vor. Besonders Homer und sein Vater Abraham (auf Plattdeutsch würde er Ubraum heißen), die genau so verrückt und verfressen zu sein scheinen, wie mein Vater und Großvater!

Mein Traum ist es, mich irgendwie ins Weiße Haus zu schleichen und mich mit dem Hund Bo des Präsidenten Obama anzufreunden, damit ich dann Exklusivreportagen aus dem weißen Haus schreiben könnte! Hoffen wir mal dass es klappt!

Freue dich auf heiße Nachrichten aus dem Oval Office!

Bye, Bye und Wuff!

Dein Kumpel Tusik alias Rex.

Die geplatzte Hollywoodkariere

Mein lieber Leser, du hast bestimmt schon gemerkt, dass ich mich immer wieder und gerne über die Männer lustig mache. Wen wundert's auch, denn sie liefern einem ja so viel Stoff, dass es eine Sünde wäre, das nicht auszunutzen!

Wie bekannt, lachen wir Frauen nicht sehr gerne über uns selbst! Doch dieses Mal will ich mich ausnahmsweise Mal über mich selbst lustig machen!

Es war ein schöner Samstagnachmittag im Mai, ich war gerade damit beschäftigt Teigtaschen mit Rhabarber zu backen, als das Telefon klingelte. Es war der Vorsitzende vom Plattdeutschen Verein Peter W. Ich ahnte damals nicht, wie viel Aufregung dieses Telefonat mir bringen würde. Aber ich und meine Tochter haben uns noch eine ganze Woche danach köstlich amüsiert!

„Hast du ein bisschen Zeit?", fragte er mich, nach dem er sich vorgestellt und mich begrüßt hatte. Ich war positiv überrascht. Endlich mal ein Mann von unseren Aussiedlern, der gute Manieren hat! Und wie es sich später herausstellte, hatte der Mann nicht nur gute Manieren, sondern war auch ein Gentleman!

„Es tut mir leid", meinte ich, „aber im Moment passt es mir überhaupt nicht, ich bin gerade beim Rhabarberteigtaschen backen, wenn ich die nicht schnell genug zu klebe, laufen die alle aus."

„Ok, ich rufe später noch mal an."

So verblieben wir dann auch.

An dem Tag rief er aber nicht mehr an. Ich war am Rätseln, was er wohl mit mir besprechen wollte. Dann viel mir ein, dass am nächsten Samstag die 7. Plattdeutsche Tagung in Detmold stattfinden sollte und da würden viele Künstler auftreten.

„Vielleicht ist jemand krank geworden, oder jemandem von den Künstlern ist etwas dazwischen gekommen, so dass er nicht mitmachen kann?", meinte ich zu meiner Tochter, „und jetzt will er bestimmt fragen, ob ich nicht einspringen kann. Ich muss mir was einfallen lassen, um abzusagen. Du weißt ja, dass wir in letzter Zeit jedes Wochenende unterwegs waren, Papa sieht bestimmt bald rot, weil er keine Zeit mehr für seine Bienen hat, der Sprit wird auch immer teurer und es sind jedes Mal hin und zurück ca. 700 km."

„Weißt du was?", fiel mir ein, „Ich habe auf der Plattdeutschen Seite im Internet gelesen, dass ein Filmregisseur aus Mexiko Carlo Reygadas oder so ähnlich heißt er - glaube ich - einen plattdeutschen Film über die Mennoniten drehen will. Der soll schon mal auf dem Filmfestival in Cannes einen Preis für den besten Film gewonnen haben, stand da geschrieben, also muss das wohl was ernstes sein. Na, um es kurz zu machen, der macht seine Filme immer mit Laienschauspielern und ist jetzt hier in Deutschland auf der Suche nach zwei Frauen, die unser Dialekt beherrschen und in seinem Film über die Mennoniten mitspielen kann. Heute ist in Detmold ein Casting, wenn Peter noch mal anruft, erzähl ich Papa, dass er mich gefragt hätte, ob ich interessiert wäre im Film mitzuspielen. Mal sehen, was er dazu sagt."

Meine Tochter grinste: „Na, willst du Papa mal wieder ein bisschen ärgern? Weißt du nicht, dass sich so was nach der strengen mennonitischen Moral nicht ziemt?"

„Ach, lass mir doch meinen Spaß", meinte ich lachend, „man gönnt sich ja sonst nichts im Leben, und Papa hin und wieder mal auf die Schippe zu nehmen macht mir jedes Mal so einen Spaß! Außerdem, wenn der Mann genug Abwechslung und Aufregung zu Hause bekommt, hat er kein Interesse mehr sich nach anderen Frauen umzuschauen! Als Frau muss man immer dafür sorgen, dass es dem Mann mit dir nicht langweilig wird. Ich tu es doch nur in seinem Interesse!"

Wenn Dir, mein lieber Leser, mein Mann jetzt leid tut, will ich dir versichern, dass ist gar nicht nötig. Er ist vom Leben mit mir noch nicht abgemagert und nicht krank geworden, so pflegt er selbst immer zu sagen, im Gegenteil.

„Was würde ich nur ohne dich tun?", hat er schon öfters gesagt, „Mit einer Anderen wäre es mir bestimmt langweilig und ich hätte schon längst das Weite gesucht, und bei dir weiß ich nie was in der nächsten Minute passiert!"

Nur einmal an unserem 25. Hochzeitstag meinte er, er habe einen Antrag beim Bundespräsidenten gestellt, man möge ihm für Tapferkeit und besondere Verdienste ein Bundesverdienstkreuz verleihen, weil er, Ärmster, es schon so lange mit mir ausgehalten habe. Ich denke der Bundespräsident hat wohl andere Kandidaten für ehrenwerter befunden. Jedenfalls hat mein Mann noch immer kein Verdienstkreuz bekommen!

Na ja, ich bin ja eine Frau, und Frauen schweifen bei ihren Erzählung bekannter weise immer ab. Kurz und gut: am nächsten Tag rief Peter wieder an.

„Weißt du", meinte er, „wir haben hier einen Filmregisseur aus Mexiko zu Gast, der will einen Film über die Mennoniten auf Plattdeutsch drehen und ihm fehlen noch zwei Frauen, und ich dachte dabei an dich. Hättest du nicht Lust mitzuspielen? Du hattest doch so einen tollen Auftritt beim Theatertag in Münster."

„Wirklich?", fragte ich geschmeichelt, „aber es war meine erste Vorstellung als Kabarettistin, bis jetzt habe ich immer nur gesungen und ich habe es nur getan, weil Tatjana K. mir keine andere Wahl lies. Sie meinte: wir haben Theatertag und da wird Theater gespielt und basta! Daraufhin habe ich extra ein Stück geschrieben, in dem ich mich selbst spielen konnte. Ich habe keine Fähigkeiten mich in andere Figuren zu versetzen, ich bin keine gute Schauspielerin.", meinte ich wahrheitsgemäß zu ihm.

„Aber für´s erste mal, war es doch sehr gut.", meinte er.

„Es hat mir wie auch den vielen anderen Zuschauern sehr gefallen." Sein Lob lief mir wie Öl die Kehle runter, denn schließlich wird man nicht jeden Tag gelobt!

„Aber die brauchen doch schöne junge Frauen bis 35 Jahre, so stand es jedenfalls im Internet geschrieben.", ließ ich endlich die Katze aus dem Sack.

„Und wie alt bist du, wenn es kein Geheimnis ist?"

„Achtundvierzig…", stotterte ich nach einigem Zögern.

„Weißt du, ein paar Jahre nach oben oder nach unten, ist nicht so wichtig, und ich habe nicht bemerkt, dass du so alt bist, du siehst ja noch viel jünger aus…", fing er jetzt an zu stottern.

 Ein schöneres Kompliment kann man sich als Frau nicht vorstellen! Soviel Lob an einem Tag für eine Frau - die höchstens einmal im Jahr, am Hochzeitstag: „Ich liebe dich immer noch…", von ihrem Mann zu hören bekommt, und das auch nur dann, wenn er es glücklicherweise nicht vergessen hat, oder aber ein schlechtes Gewissen hat, weil er vergessen hat einen Blumenstrauß zu besorgen - ist kaum zu ertragen.

„Danke, aber leider sehe ich nicht immer so aus, nur wenn ich mich extra hübsch mache, du solltest mich mal zu Hause sehen, na ja, und außerdem arbeite ich ja auch und dafür braucht man ja Zeit…"

 „Na, gut, aber generell hättest du Interesse?"

„Warum auch nicht, das wird bestimmt sehr interessant sein, aber ich habe da, wie schon gesagt, meine Bedenken, ob ich so etwas kann, und außerdem, muss ich dich noch warnen, dass ich überhaupt nicht fotogen bin. Ich sehe auf Filmen und Bilder immer furchtbar aus!"

„Na, du konntest wenigstens mal mit ihm reden, er will sich nämlich so viele Frauen wie möglich anschauen."

„Was, ich soll nach Detmold kommen?", meinte ich erschrocken. „Nein, nein, wenn er heute nicht genug Frauen sieht, und keine geeignete findet, fährt er noch nach Hamburg, hättest du Interesse Dich mit ihm zu treffen?"

„Na klar", meinte ich cool, -„wenn ich nicht fahren brauche, kann er ruhig kommen, ich habe mich noch nie mit einem Regisseur unterhalten, wird bestimmt sehr interessant!"

Als ich den Hörer auflegte, lachte ich so laut, dass meine Tochter aus ihrem Zimmer kam und mich mit hochgezogenen Brauen anschaute.

„Du, ich brauche Papa dieses Mal nicht einmal was vorzugaukeln", beantwortete ich ihre stumme Frage, „ich gehe raus und erzähle Papa alles, mal schauen wie er reagieren wird?"

Mein Mann wollte es mir anfangs nicht glauben, denn schließlich war er schon allzu oft auf meine Spielchen reingefallen, aber anscheinend war ich überzeugend genug, denn er fragte mich nach einem kurzen Schweigen: „Hast du Ihm auch erzählt, was für einen kräftigen Gorilla von Mann du hast und dass ich nicht lange um den heißen Brei herum rede, bevor er zuschlage?"

„Weißt du, Schatz, irgendwie haben wir dieses Thema nicht besprochen.", meinte ich und fragte zuckersüß: „Freust du dich denn nicht für mich?"

Als ich merkte, dass die Freude bei ihm nicht so richtig aufkommen will, fügte ich noch zu: „Die übernehmen alle Kosten und es gibt obendrauf auch noch ein gutes Honorar!" Er freute sich immer noch nicht.

Dafür war ich aber umso aufgeregter. Ohne es zu ahnen, hatte Peter einen schlummernden Vulkan von Gefühlen in mir geweckt! Ich wusste nicht wo mir der Kopf stand. Ich fühlte auf einmal buchstäblich, wie zwei Frauen in mir lebten! Die Romantikerin phantasierte und malte sich schon eine rosarote Zukunft aus.

„Stell dir vor", schwärmte sie mir vor, „du kannst dir umsonst ein fremdes Land ansehen und erfahren wie ein Film gemacht wird, ja sogar selbst an dem Prozess teilnehmen. Es muss wahnsinnig interessant sein!"

„Land anschauen, ach wie atemberaubend", meinte die Skeptikerin und Schwarzseherin in mir spöttisch, „als ob du dazu Gelegenheit haben wirst! Höchstens Moskitos und anderes Ungeziefer bekommst du im Urwald von Mexico zu sehen! Und wenn der Regisseur Laienschauspieler beschäftigt, hat er bestimmt nicht viel Geld zur Verfügung, so dass ihr in einem alten Wohnwagen leben werdet und verkommenen Fraß zu essen bekommt! Und das Honorar kannst du auch vergessen!"

„Stell dir vor, was für Augen deine Kolleginnen machen werden, wenn sie erfahren, dass du eine Rolle im Film bekommen hast, denen fallen die Kinnladen vor Neid runter, ganz geschweige von deiner Schwester, die immer die Schönheit der Familie, die selbsternannte Scarlett ó Harra war, und in dessen schönen Augen du immer nur das Aschenputtel, das hässliche Entlein warst. Sie platzt bestimmt vor Neid!", phantasierte die Romantikerin in mir weiter.

„Dass ich nicht lache,", meinte die Schwarzseherin sarkastisch, „eine schöne Schauspielerin mit einem

Schweinsgesicht! Wenn die Leute dich auf der Leinwand sehen, lachen sie sich kaputt oder übergeben sich! Du hast wohl mit Absicht vergessen dem Peter zu erzählen, was für Hängebacken, Krähenfüße, Doppelkinn und schiefe Zähne du hast? Oder? Gib es zu!"

„Maria", sagte ich geplagt vom schlechten Gewissen zu meiner Tochter, „ich habe ganz vergessen dem Peter zu erzählen was für Hängebacken und ein Doppelkinn ich habe."

„Ach, Mama, mach dir nicht wegen jeder Kleinigkeit solche Sorgen,", meinte sie nur, „die beim Film wissen sich zu helfen, die kleben dir alles mit unsichtbaren Klebeband nach oben, und spachteln deine Falten zu, nachher wird der Film noch bearbeitet und die Falten und Hängebacken werden retuschiert, so dass du so schön aussehen wirst, als du nicht einmal mit siebzehn warst!"

Die Kinder von heute, die wissen einfach alles, nicht wahr?!

Jetzt ging die Phantasie endgültig mit mir durch: Die Romantikerin in mir sah mich schon mit Julia Roberts, Brad Pitt und anderen Hollywood Schönheiten ein einer sündhaft teuren Designerrobe über den roten Teppich schweben! Ich war berühmt, reiste durch die Weltgeschichte,

gab Interviews und war mit den berühmtesten Hollywoodschauspielern auf du und du oder per du.

„Stopp! Stopp!", bremste die Skeptikerin hinterhältig, „Was ist wenn du auf einmal einen anderen Mann küssen musst? Kannst du das? Einen fremden Mann küssen? Und was wird dein Mann dazu sagen, hä?"

„Meinst du, ich muss, vorausgesetzt ich bekomme die Rolle, meinen Filmpartner auch küssen?", fragte ich meine Tochter, „Ich hoffe nicht, auch wenn es ein Liebesfilm werden soll. Du weißt ja wie prüde unsere Mennoniten sind, vielleicht werden die Küsse nur angedeutet, so wie in einem indischen Film?", meinte ich hoffnungsvoll.

„In welchem Jahrhundert lebst du, Mama? Sogar in indischen Filmen wird heutzutage schon geküsst!", meinte meine Tochter ironisch. „Dann ist mein Traum wohl zu Ende, bevor er richtig angefangen hat.", seufzte ich traurig, „so was kann ich Papa nicht antun, wenn er den Film sieht, dreht er durch!"

„Du kannst ja Papa eine geschnittene Version des Films gucken lassen.", meinte sie ganz praktisch. Ich war angesichts solcher Unverfrorenheit meiner Tochter schockiert! Die Jugend von heute hat für alles eine Lösung parat!

„Nein, damit hat sich die Sache für mich erledigt,", meinte ich empört, „aber wenigstens kann ich jetzt meinen Enkelkindern - vorausgesetzt ich bekomme mal welche -wie ich sehr hoffe", meinte ich und schaute meine Tochter erwartungsvoll an, „erzählen, dass ihre Oma beinahe eine Schauspielerin geworden wäre!"

Mir war klar: mein schöner Sommernachtstraum von einer Schauspielkarriere war so schnell zerplatz, wie eine Seifenblase!

Als Peter dann gegen Abend anrief und mir erzählte, dass der Regisseur keine Zeit mehr hat nach Hamburg zu kommen, war mir alles klar: Der hat sich wohl die DVD vom Theatertag angeschaut und gemerkt, wie milde gesagt unfotogen ich aussehe. Aber Peter, ganz Gentleman, versuchte es mir schonend beizubringen. Merkwürdigerweise war ich erleichtert. Als die Kinder dann beim Abendessen mir noch einen riesigen Tulpenstrauß schenkten, war der Muttertag perfekt. Es war der beste Muttertag meines Lebens!

PS.

Ach ja, was ich noch vergessen habe zu erzählen. Als ich meiner Schwester am Telefon von diesem Gespräch erzählte, reagierte sie so, wie ich es mir vorgestellt hatte. Sie lies mich nicht einmal ausreden: „Du hast doch nicht wirklich vor so etwas zu tun, oder? Was wird dein Mann dazu sagen? Das lässt er niemals zu! Du kannst doch nicht einfach deinen Mann und die Kinder im Stich lassen und nach Mexiko fahren! Und deine Arbeit?", überhäufte sie mich mit Vorwürfen.

Ich spürte, dass der Ärger in mir hochstieg, schließlich gingen die Pferde mit mir durch: „Sara, Sara, lass mich wenigstens ausreden", beschwichtigte ich sie, „ich habe abgesagt, aber nicht wegen meinem Mann und den Kindern. Die Kinder, falls es dir entgangen ist, sind erwachsen und was meinen Mann angeht, bin ich, falls es dir entgangen ist, seine Frau, nicht seine Haushälterin, es wird ihm nicht schaden, wenn er sich mal selbst um den

Haushalt kümmert. Und Außerdem hat er kein Recht mir was zu verbieten, so was entscheide ich immer noch selbst! Ich habe mich einfach entschieden, es nicht zu tun und das war's.", flunkerte ich.

Ich weiß selbst nicht, wie es aus mir raus sprudelte, ich hatte nicht vor sie zu belügen, aber schließlich war sie selber schuld, sie hätte mich nicht so provozieren dürfen!

„Na, Gott sei Dank!"

Das hätte sie nicht verkraftet, wenn ihre kleine Schwester, das Aschenputtel, auf einmal Schauspielerin geworden wäre!

Merkwürdigerweise hatte ich nicht einmal ein schlechtes Gewissen, dass ich ihr was vorgemacht hatte, im Gegenteil - mir ging es prima!

Hymne auß Klopapier

O, du mein weiches, flauschiges traumhaft duftendes, unersetzliches Klopapier, es gab Zeiten, in denen ich dich nicht kannte, o, diese trübseligen Zeiten, in denen ich froh war die Bekanntschaft mit dem sogenannten Klopapier aus Russland, das hart wie Schmirgelpapier war, machen zu dürfen! Ansonsten gebrauchte man Zeitungen und Papierseiten von Zeitschriften oder Büchern.

Dieser gewaltige Unterschied zwischen dem Westblock, der das weiche, flauschige Klopapier benutzte, und dem Ostblock, der Zeitungen oder das sogenannte „Schmirgelpapier" benutzte, hat dafür gesorgt, (ich wage es zu behaupten) dass sich im Laufe der Jahre zwei Typen von Menschen entwickelten: Die Wessis und die Ossis. Dies gehörte bestimmt zum weitgehenden Plan der Kommunisten, nämlich der Erziehung und Schaffung eines neuen sozialistischen Menschen!

Die Benutzer des weichen Klopapiers verweichlichten, degenerierten zu Spießbürgern, die sich nur um ihr eigenes Wohlergehen sorgten, und zu überheblichen, hochnäsigen, arroganten Bourgeois wurden, denn sie waren ja die stolzen Besitzer der unersetzlichen Luxus-Ware.

Die Benutzer des Schmirgelpapiers oder Zeitschriften entwickelten sich zu harten, jederzeit zum Kampf für die hochtrabenden Ideale des Kommunismus bereiten

Genossen. Dieser Typ von Mensch war zwar sehr belesen und wissensdurstig (denn in den Stillen Örtchen der Ossis wurde oft mehr gelesen, als in den vornehmsten Wohnzimmern der Wessis), wusste aber leider nicht, auf was er verzichten musste und welche Genüsse ihm entgingen, denn auch in der heimlich gelesener Westliteratur, wurde merkwürdiger Weise nie die Qualität des westlichen Klopapiers erwähnt! Man ahnte, dass das nicht alles sein konnte, was das Leben einem zu bieten habe, dass es hinterm Horizont noch etwas anderes geben müsse, denn es kursierten unzählige Anekdoten zu diesem Thema, die die unterschiedliche Verhaltensweise in den stillen Örtchen der Wessis und Ossis darstellten, aber von Klopapier war nie die Rede!

Hätten die Amis sich doch nur für die Verhaltensweise der Sowjetbürger auf den Klos interessiert, hätten sie gewusst, welche Auswirkung die Benutzung von unterschiedlichen Klopapiersorten auf die Formung des Individuums haben kann. Hätten die Amis geahnt, welche globale Auswirkung die Benutzung und Nichtbenutzung von Klopapier auf die Weltgeschichte haben kann, hätten sie sich die teuren Aufrüstungskampagnen sparen können. Da fragt man sich, womit die westlichen Agenten jahrelang in den Sowjetstaaten beschäftigt waren, wohl mit Liebesaffären mit den schönen russischen Mädchen?! (Aber dies sei nur am Rande bemerkt, da es nicht zum Thema gehört.) Wofür bezahlte man Sie? Sie hätten nur einige Container Klopapier in die sowjetischen Staaten schmuggeln müssen, und schon wäre der Kommunismus besiegt gewesen! Die junge Generation der Ossis wäre zu glücklichen Bourgeois geworden, denen die hochtrabenden Ideen des Kommunismus wurscht wären, solange sie nur ihr liebgewonnenes Klopapier hätten. Die „alte" in schweren

Zeiten abgehärtete Generation der Idealisten hätte sich zwar noch gesträubt, die vom Klassenfeind eingeschmuggelte Ware zu benutzen, da alles, was aus dem Westen kommt, dem freien kommunistischen Arbeiterstaat schaden könnte, aber nach und nach hätten auch die hartgesottensten Idealisten dem verlockenden Luxusprodukt nicht widerstehen können! Denn Hämorrhoiden hat ja fast jeder!

Ich wage es sogar, die Vermutung aufzustellen, dass sich die gesamte Weltgeschichte anders entwickelt hätte, wären einige unserer Ahnen im Besitz des flauschigen Wunders namens Klopapier gewesen. Man hätte Kriege nicht um Land und Krone, um Gold und Diamanten, nein man hätte Kriege geführt, um stolzer Besitzer der magischen Formel dieses Wunderproduktes zu werden! Auch die Revolution in Russland wurde eigentlich ausgelöst, weil die Arbeiterklasse um die Rechte kämpfte, das gleiche Klopapier benutzen zu dürfen, wie der Zar, der Adel und die Reichen! (Dies wird wissenschaftlich von russischen Historikern bestimmt noch bewiesen.) Ja, für diese Gleichberechtigung wurde hart gekämpft, aber wie es so oft passiert, weiß man am Ende nicht mehr, wofür man gekämpft hat!

Und ich, ich singe dir jetzt meinen Lobgesang, dem 8. Wunder der Weltkultur, zu dessen stolzen Besitzer ich jetzt gehöre! Ich singe dir meinen Lobgesang, wenn ich auch merke, wie ich mit deiner Benutzung mich verändere und langsam, aber unvermeidlich verblöde, da ich auf dem Klo nicht mehr lese, sondern fernsehe! Ich mache mir immer weniger Gedanken, wie es den armen Menschen in den Ländern geht, die dich nicht besitzen. Und wenn ich auch merke, dass ich mit jedem Wisch arroganter und großkotziger werde, kann ich mir ein

Leben ohne dich, mein flauschiges, weiches, duftendes Klopapier nicht mehr vorstellen!

Ein etwas anderes Märchen über Aljonuschka und Iwanuschka

Weit, weit hinter sieben Bergen, hinter sieben Meeren, hinter sieben Ländern in den weiten Steppen Sibiriens, in einem kleinen Dorf wuchs Aljonuschka auf. Sie wuchs und wuchs und eines Tages war sie erwachsen. Nicht zu klein und nicht zu groß, nicht zu dick und nicht zu dünn, nicht zu schlau und nicht zu dumm, mit Lippen rot wie der Wein, mit Augen blau wie der Himmel, mit Haaren blond wie ein Weizenmeer und mit Brüsten, verlockend wie zwei knospende Rosenblüten. Mit ihrem Miniröckchen, langen Beinen in Stöckelschühchen und ihrer Wespentaille raubte sie den Männern im fernen Sibirien den letzen Rest ihres auch so schon dürftigen Verstandes.

Aber keiner von ihnen konnte mit teuren Geschenken und Blumen, mit feurigen Reden und feierlichen Versprechungen ihr Herz erobern. Sie wartete auf ihren „Prinzen" aus Übersee. Und sie wusste: eines Tages würde er kommen, sie an die Hand nehmen und aus dieser Einöde in ein Land des Reichtums und der unendlichen Möglichkeiten entführen.

So lange aber vom ausländischen Prinzen keine Spur weit und breit zu sehen war, musste Aljonuschka ihr langweiliges Leben weiterleben: der Mutter bei der Hausarbeit und im Garten helfen und zweimal in der Woche in die nahe liegende Stadt mit dem klangvollen

Namen Slawgorod (was soviel wie berühmte, herrliche Stadt bedeutet, in Wirklichkeit aber ein kleines verkommenes Steppenstädtchen ist) fahren. Sie verkaufte auf dem Basar Eier, Milch und Gemüse und kaufte dagegen andere Lebensmittel ein. Aljonuschka putzte sich immer besonders schön heraus, wenn sie in die Stadt fuhr, denn man wusste ja nie, wo das große Glück auf einen wartet. Wenn sie endlich ihren „Prinzen" treffen würde, wollte sie besonders schön sein.

Während sie eines Tages an einem Verkaufsstand mit Weintrauben und Äpfeln und anderen leckeren Früchten mit dem Verkäufer um den Preis feilschte, tippte ihr jemand auf die Schulter. Mit einem roten Apfel in der Hand drehte sie sich um, um dem Störenfried ihre Meinung zu geigen und blieb mit großen Augen stehen. Ihr Herz machte einen Freudensprung: „Wanjuscha, was machst du denn hier?"

Es war der ehemalige Nachbarssohn, der vor vier Jahren mit seiner Familie nach Deutschland ausgewandert war. Und jetzt stand er vor ihr: groß, staatlich in Markenklamotten, ein Bild von einem Mann! Sie wusste auf Anhieb: „Das ist er mein „Prinz aus der Übersee", der mich ins „gelobte Land" bringen kann!"

Aljonuschka schaute ihn mit ihren großen himmelblauen Augen an, schenkte ihm ihr verführerischstes Lächeln und reichte ihm mit einer sinnlichen Geste den roten Apfel. Er versank in der blauen Tiefe ihrer Augen und sehnte sich den kostbaren Nektar ihrer roten Lippen zu kosten.

Wanjuscha heiratete Aljonuschka und nahm sie mit nach Deutschland. Leider lebten sie nicht glücklich und zufrieden bis ans Ende ihrer Tage. Am Anfang war Aljonuschka begeistert und kam nicht aus dem Staunen raus. Aber ganz schnell merkte sie, dass ihr Mann kein reicher „Prinz", sondern nur ein „armer Frosch" war, den auch keine flammenden Küsse zum Prinzen machen würden.

Er lebte in einer kleiner Sozialwohnung, fuhr jeden Morgen früh in seinem alten, klapprigen Ford zur Arbeit in die Würstchenfabrik, besaß keinen silbernen BMW oder Mercedes, überhäufte sie nicht mit kostbaren Geschenken und Reisen, sondern erwartete doch allen Ernstes sie würde einen Beruf erlernen und arbeiten gehen! Ha, das sie nicht lachte! Sie, die schöne Aljonuschka war doch nicht ins „gelobte Land" gekommen, um ihre weißen Händchen und lackierten Fingernägelchen schmutzig zu machen! Es gab bestimmt noch andere „Prinzen" auf dieser Welt, die nicht so bettelarm, sondern reich waren, wenn nicht in Deutschland, dann im fernen Amerika, Australien, Kanada...Sie, mit ihrer Schönheit und klarem Verstand würde noch ihren wahren „Prinzen" treffen, koste es was es wolle!

Sie, würde nicht mehr so dumm sein, sie hatte aus ihren Fehlern gelernt! Sie muss sich nicht nur hübsch machen, und auf ihren „Prinzen" warten, sonder so oft, wie möglich versuchen in teure Diskotheken und Clubs herein zu kommen, um ihn da zu treffen! Wenn sie auch nicht viel in diesem Land gelernt hatte, eins hatte sie kapiert: um ihren „Prinzen" zu treffen muss sie ein „Luder" werden! Und darauf wollte sie sich jetzt konzentrieren! Das würde sie lernen! Sie wusste: es würde nicht leicht sein aber das Ziel war so nahe, wie noch nie. Sie muss nur den richtigen „Prinzen" treffen, im richtigen

Moment die Netze auswerfen und zuschnappen! Dann hat sie für immer ausgesorgt!

Meine Bilderbuchfamilie

„Dankeschön Lida, ich freue mich, dass du angerufen hast. Wir werden unbedingt versuchen zum Klassentreffen zu kommen, ich freue mich sehr, endlich mal wieder alle zu sehen!", meinte ich fröhlich und legte langsam den Hörer auf.

„Ein Glück, dass ich noch zwei Monate Zeit habe!", war mein erster Gedanke.

Als wir vor fünf Jahren das letzte Klassentreffen hatten, waren die meisten meiner ehemaligen Mitschülerinnen schon Omas und präsentierten stolz Hochzeitsbilder von ihren Kindern, aber was noch viel wichtiger war, Bilder von ihren Enkelkindern! Dridiger Lisa zeigte sogar fünf Bilder von ihren fünf Enkelkindern, die auf den Töpfchen saßen!

Und was hatte ich vorzuweisen? Als ich stolz erzählte, dass meine Tochter studiert, fragte man mich, ob sie schon verheiratet sei, und ob ich schon Enkelkinder habe. Mir wurde schlagartig klar, dass es bei den Mennoniten noch immer am Wichtigsten ist, dass das Kind so schnell wie möglich unter die Haube kommt und für Familiennachwuchs sorgt!

Meine Kinder waren immer noch nicht verheiratet und Enkelkinder waren leider auch noch nicht in Sicht. Dem wollte ich jetzt nachhelfen. Dieses Mal würde ich auf dem Klassentreffen auch voller Stolz mein Enkelkind präsentieren und dabei auch noch das schönste und intelligenteste von allen!

Ich konnte mich noch zu gut erinnern, unter welchem enormen Druck die jungen Mädchen in Russland standen!

„Ein Mädchen", so pflegten die älteren Frauen zu sagen, „muss mit achtzehn von der Straße sein!" Gleichzeitig sollten sie aber schüchtern sein und brav warten bis sich einer findet, der um ihre Hand anhält. Also konnte ich, als ich mit dreiundzwanzig Jahren endlich heiratete, glücklich sein, dass sich ein Dummkopf gefunden hatte, der so zu sagen diese halbverdorrte Frucht aufhebte und ehelichte!

Somit hatte ich endlich so zu sagen die Aufgabe meines Lebens gefunden und sollte jetzt quasi lebenslang dem lieben Gott dafür dankbar sein, dass ich ab jetzt das Privileg besaß, meinen Gatten zu bewaschen, zu bekochen, seine dreckigen Socken wegzuräumen und jedes Jahr einem Schreihals das Leben zu schenken. Ich dürfte mich ab jetzt glücklich schätzen, wenn ich anstatt eines Dankeschöns, falls meinem Gatte mein Essen mündete, sein sattes Rülpsen hörte.

Nach ein paar dutzend Rülpser und zwei Kindern wurde mir klar, dass meine Dankbarkeit sich in Grenzen hält und wenn ich ganz ehrlich sein soll, überhaupt nicht aufkommen will. Mir wurde klar, wenn hier jemand dem lieben Gott dankbar sein sollte, dann mein Mann! Wo würde er sonst noch eine Köchin, eine Putzfrau und ein Kindermädchen in einer Person finden, die ihm nicht einen müden Pfennig kostet?

So einem Druck wollte ich meine Tochter nicht aussetzen! Mein Sohn wollte von Frau und Kindern auch noch nichts hören! Also blieb mir nichts anderes übrig, als mir meine Bilderbuch Familie mit Enkelkind selbst am PC zu basteln! Und so machte ich mich an die Arbeit!

Gut, dass ich mich mit dem Fotoshop gut auskannte. Es würde sich jetzt auszahlen, dass ich unsre alten Familienbilder mit diesem Programm bearbeitet hatte.

Ich schaute die Hochzeitsbilder meiner Nichten und Neffen durch, um einen passenden Bräutigam für meine Tochter zu finden, aber keiner gefiel mir so ganz, dann kam mir das Bild von meiner Arbeitskollegin unter die Augen – ihr Bräutigam war der passende für meine Tochter! Er war groß, sah nicht nur gut, sondern, was noch viel wichtiger ist, auch noch sehr intelligent aus! Ich scannte das Hochzeitsbild von meiner Arbeitskollegin und das schönste Bild von meiner Tochter ein und machte mich an die Arbeit. Als erstens schnitt ich das Gesicht der Braut aus und kopierte an der Stelle das Gesicht meiner Tochter rein. Ein paar Abende anstrengender und akribischer Arbeit und keiner würde merken, dass das Hochzeitsbild meiner Tochter eine Fotomontage ist! Wie gut, dass es heut zu Tage für alles Computerprogramme gibt!

Dann suchte ich mir aus dem Internet noch ein paar schöne Fotos von meinem imaginären Enkeltöchterchen aus: eines, das sie als kleines pausbäckiges Baby zeigt, dann eins, dass sie ein bisschen erwachsener auf einem Töpfchen sitzend zeigt und ein schönes Bild, dass sie im letzten Jahr unterm Weihnachtsbaum mit den Geschenken spielend, zeigt. Ich suchte mir aus dem Internet noch eine wunderschöne Freundin für meinen

Sohn raus und überlegte mir, was der Mann meiner Tochter und die Freundin meines Sohnes beruflich machen könnten. Als ich das entschieden hatte, dachte ich mir noch ein paar lustige Familiengeschichten aus.

Jetzt musste ich nur noch meinen Mann dazu bringen mitzumachen. Hierzu muss ich sagen, dass die Behauptung - die Frauen seien Plaudertaschen – nicht stimmt. Meinem Mann kann ich keine Geheimnisse anvertrauen, der verplappert sich doch immer! Er ist so stolz, dass ich ihm meine Geheimnisse anvertraue, dass er gleich damit angeben muss! Na ja, so sind die Männer eben.

„Was hast du dir mal wieder ausgedacht?", meinte mein Mann skeptisch, „das fliegt doch alles auf!"

„Nicht, wenn du dich nicht verplapperst und genau dasselbe erzählen wirst, wie ich!"

„Und wenn ich ein Gläschen Wodka trinke und mich vergesse?"

„Versuch es bloß, dann schreibe ich ein Buch über dich!"

„Gut, gut ich spiele mit.", gab mein Mann nach. Ich frage mich wieso er so viel Angst hat, dass ich über ihn ein Buch schreibe, wenn ich doch – wie er immer behauptet – mit dem besten Mann der Welt verheiratet bin?

Der große Tag kam! Ich färbte meine graue Haare, zog mein schönstes Kleid an, legte die Kriegsbemalung auf, damit alle die jung gebliebene Oma bewundern konnten!

Das Klassentreffen übertraf all meine Erwartungen: wir lachten viel, tanzten, sangen alte Jugendlieder und unterhielten uns aufgeregt über uns und unsere Familien. Was aber viel wichtiger war – ich konnte mitreden!

Ich schwebte im siebten Himmel vor Glück: alle fanden mein Enkeltöchterchen zuckersüß und bezaubernd und das Hochzeitsbild von meiner Tochter und meinem Schwiegersohn wunderschön! Ich bekam viele Komplimente, dass ich noch gar nicht wie eine Oma, sondern eher wie eine junge Frau aussehe! Was kann man sich als Frau noch schöneres wünschen?

Meine lustigen Familiengeschichten kamen so gut an, dass ich selbst anfing zu glauben, was ich erzählte! Mein Mann war auch ganz lustig – ich hoffte, dass er sich nicht verplappert hatte – denn er hatte, wie nicht schwer zu erkennen war, ein bisschen zu tief ins Glas geschaut.

„Hast du auch wirklich keinem von unserer kleinen Flunkerei erzählt?", fragte ich meinen Mann am nächsten Tag, als wir nach Hause fuhren.

„Ach was, mach dir keine Sorgen! Bei mir sind deine Geheimnisse sicher, ich würde dich doch niemals verraten!", meinte er, aber seinen Augen sah ich an, dass er versuchte etwas von mir zu verheimlichen.

Eine kurze Zeit später riefen immer mehr Klassenfreundinnen bei mir an und fragten, ob sie auf dem Weg zur Ostsee bei uns reinschauen dürften. Ich fühlte mich in meinem Verdacht bestätigt. Alle wollten auf einmal die Familie meiner Tochter kennen lernen und mein Enkeltöchterchen bewundern!

So dass meine Tochter samt ihrer imaginären Familie in diesem Jahr schon viermal in Monte Carlo, an der

Französischer Rivera, in Monaco und in Schottland Urlaub gemacht hat und drei Wochenenden in Florenz, Paris und Sankt-Petersburg verbracht hat.

PS: Wenn Ihr in nächster Zeit in einem Buchladen ein Buch von Tina de Gröte mit dem Titel: „Männer – das schwache Geschlecht" seht, würde ich Euch raten, nicht knauserig zu sein und es unbedingt zu kaufen! Ich garantiere Euch, dass Ihr Frauen, aber genau so auch Ihr, Männer Euch sehr amüsieren werdet und viele Neuigkeiten über das schwache Geschlecht erfahren werdet! Viel Spaß beim Lesen!

Unsere Gäste aus Kanada

Mein Schwager Franz und meine Schwester Greta aus Kanada waren zum ersten Mal bei uns zu Besuch. Ich stutzte, als auf meine Frage, was sie sich gern in Hamburg anschauen wollten, mein Schwager prompt: „Die Reeperbahn", antwortete.

„Weißt du, was das ist?", wollte ich im ersten Moment fragen, überlegte es mir aber anders. Ich witterte die ausgezeichnete Gelegenheit, unseren grauen Alltag ein bisschen aufzuheitern.

„Dein Wunsch ist mir Befehl", meinte ich nur. Im Stillen freute ich mich schon auf seinen Gesichtsausdruck, wenn wir die Reeperbahn besuchen würden. Hierzu muss ich sagen, dass mein Schwager sehr fromm ist.

„Vielleicht weiß er, was auf der Reeperbahn vorgeht, und hat sich vorgenommen den Sündern das Wort Gottes zu predigen?" Fuhr es mir durch den Kopf.

Ach nein, beruhigte ich mich selbst, so was macht er bestimmt nicht, dazu ist er viel zu still und zu schüchtern!

„Warum fahren wir so spät?", fragte Franz, als ich sagte, dass wir am nächsten Tag um acht Uhr abends zur Reeperbahn fahren.

„Weil, je später es ist, desto mehr man zu sehen bekommt.", meinte ich und drehte mich schnell um, damit er mein Grinsen nicht sehen konnte.

Franz war an dem Tag ziemlich aufgeregt und fröhlich, es war ihm anzumerken, dass er sich sehr auf den Reeperbahnbesuch freute. Ich fragte mich, was er wohl erwartete, dort zu sehen? Vielleicht hatte er gehört, dass es in Hamburg die berühmte Reeperbahn gibt und dachte, dass es da irgendwelche alte Eisenbahnloks zu bewundern gibt? Das konnte ich mir gut vorstellen, denn mein Schwager hatte im Keller eine große Miniatureisenbahnsammlung aus der ganzen Welt. Vielleicht hoffte er, ein seltenes Sammelstück für seine Kollektion zu finden? Womöglich hatte er aber einfach irgendwo gelesen, dass die Reeperbahn früher einmal eine Straße war, in der man starke Seile für Schiffe machte und er hoffte da ein altes Museum zu besuchen? Wer weiß schon, was in seinem Kopf vorgeht, dachte ich, beschloss aber, nicht neugierig zu sein.

Mein Mann und ich waren selbst noch nie auf der Reeperbahn gewesen. Na ja, für meinen Mann würde ich die Hand nicht ins Feuer legen – man sagt doch: „Jeder hat seine Leichen im Keller" – wer weiß schon, was der andere alles vor einem verheimlicht! Ich werde an seinem Verhalten schon sehen, dachte ich, ob für ihn da alles neu ist, oder nicht? Ungefähr wusste ich schon, was wir da zu sehen bekämen, denn ich hatte schon einiges übers Rotlichtmilieu gehört und einige Filme darüber gesehen, aber was ich sah, übertraf all' meine Erwartungen!

Die Straßen waren sehr hell. Sie waren mit bunten vor allem aber roten Lichtern beleuchtet. Es waren viele Leute unterwegs, die die verschiedenen Vorstellungen in den Clubs und Theatern besuchen wollten. Überall standen junge Mädchen in knapper Kleidung und hohen Stiefeln herum und warteten auf Freier oder machten sich selbst an die Männer ran. Mein Schwager wurde immer stiller und ganz grün im Gesicht. Als wir dann noch an einem Callboy vorbeigingen, der sehr aufreizend bekleidet, besser gesagt halbnackt war, wurde Franz knallrot wie ein junges schüchternes Mädchen. Vor einem Bordell stand eine Puffmutter, die laut die verschiedensten Sextechniken ihrer Mädchen anpries, mit welchen diese ihre Kunden verwöhnten. Mein Mann kicherte vor Aufregung die ganze Zeit, sein berühmtes schiefes Grinsen saß wie aufgeklebt auf seinem Gesicht! So schief grinste er immer dann, wenn er sehr nervös war, oder sich für etwas sehr interessierte. Ich sah es ihm an, dass für ihn hier alles neu war.

„Na wenigstens habe ich diese Frage geklärt!", dachte ich zufrieden.

Franz Kopf sank immer mehr nach unten, er konnte den Blick nicht mehr von seinen Schuhen losreißen.

„Lasst uns nach Hause fahren", meinte er leise, „ich habe genug gesehen."

„Was, so früh?", meinte mein Mann. Ihm gefiel es hier scheinbar immer mehr.

„Darüber werden wir uns zu Hause noch ausführlich unterhalten, mein Lieber", dachte ich, ließ mir aber den Ärger nicht anmerken.

„Ja, ja", stimmte ich ihm mit unschuldigem Lächeln zu.

„Wir haben noch nicht einmal einen Shop besucht, da gibt es bestimmt viel Interessantes zu sehen, vielleicht findest du da sogar was für deine Eisenbahnsammlung?", meinte ich zuckersüß, „wir könnten auch ins Theater gehen, es ist ja noch so früh. Ich habe gehört, dass im „Schmidts Tivoli" ein sehr interessantes Stück gespielt wird: „Caveman", auf deutsch heißt es „Der Höllenmensch". Meine Freundin war von diesem Stück begeistert, es wird schon sechs Jahre im ausverkauftem Haus gespielt!"

„Nein, ich will nur noch nach Hause", meinte mein Schwager mit schwacher aber resoluter Stimme, „ich fühle mich nicht gut und habe furchtbare Kopfschmerzen!"

„Du, ich habe sehr gute Tabletten. Eine Tablette - und in ein paar Minuten spürst du nichts mehr!"

„Nein, nein das bringt nichts, mir ist außerdem kotzübel und schwindlich", meinte Franz, „und das hört nicht eher auf, bevor ich nicht diesen Sündenpfuhl verlassen habe!"

„Gut, gut", beschwichtigte ich ihn lachend, „ich scherze nur, dein Wunsch ist mir Befehl, wenn du willst, fahren wir gleich nach Hause, aber ich kann dich nicht ganz verstehen, du wolltest doch so gern die Reeperbahn besuchen?"

„Ich dachte ja auch, da gibt es alte Eisenbahnen zu besichtigen, nicht solche Schweinereien!"

„Das hättest du gleich sagen sollen. Kommt, wir fahren zur Speicherstadt, da gibt es das größte

Miniaturwunderland der Welt mit vielen Zügen, Schiffen und wer weiß was noch allem!"

„Wirklich?", fragte Franz aufgeregt, „Das will ich sehen!"

Seine Kopfschmerzen waren wie weggeblasen, übel und schwindlich war ihm anscheinend auch nicht mehr. Er freute sich wie ein kleines Kind, als er die vielen Eisenbahnen, Autos, Schiffe, Häuser, Strassen, Bäume und Figürchen sah. Auf 4.000 qm war hier die ganze Welt nachgebaut: Auf 9.000 m Eisenbahnlinie fuhren 700 Züge! 2800 Häuser und Brücken und 160 000 verschieden Figuren waren da aufgebaut! Franz rannte von einem Platz zum anderen, gestikulierte aufgeregt mit den Händen, seine Augen funkelten und strahlten wie zwei kleine Lämpchen! Ich staunte nicht wenig. Niemals hätte ich gedacht, dass mein stiller und phlegmatischer Schwager soviel Temperament besaß!

Ich war froh, dass er in seiner Aufregung die Figürchen von Frauen und Männern übersah, die hier und da unter den Büschen, im Wald oder in einem roten Cadillac Liebe machten. Die bewegten sich sogar dabei! Zum Glück übersah er die Figuren auch, als wir ein paar Tage später noch einmal das Wunderland besuchen, denn wir hatten beim ersten Mal nicht geschafft, alles zu bewundern. Sonst wäre er bestimmt nach Kanada mit der Überzeugung zurückgekehrt, dass Hamburg Sodom und Gomorra gleicht! Das konnte und wollte ich nicht zulassen, weil ich diese Stadt mit all ihren Gegensätzen lieb gewonnen habe!

Wie dem auch sei, wir brachten Franz noch lange mit unseren Spötteleien und Späßchen in Verlegenheit! Jedesmal, wenn wir uns überlegten, was wir uns in

Hamburg noch anschauen konnten, kam von jemandem aus der Familie: „Kommt, lasst uns auf die Reeperbahn fahren, die Eisenbahn anschauen oder den schönen Mädchen einen Besuch abstatten!", und jedesmal wurde Franz wieder verlegen und feuerrot. Wir trieben dieses Spiel so lange mit ihm, bis meine Schwester eines Tages meinte: „Könnt ihr nicht damit aufhören? Franz schämt sich so sehr." Wir lachten noch einmal von Herzen und ließen Gnade gewähren!

Die Wundermedizin

Diese Nacht zog sich unendlich lange hin, sie wollte einfach nicht enden. Ich drehte mich von einer Seite zur anderen, aber die Schmerzen in meinen Ellenbögen und Schultern piesackten mich trotz der hohen Dosis Ibuprofen und trotz der Schmerzpflaster so unerträglich, dass ans Schlafen nicht zu denken war. Als ich dann kurz vor Sonnenaufgang endlich in einen unruhigen Schlaf fiel – schreckte ich auch schon bald vom Schrillen des Weckers auf.

Wie eine Betrunkene, noch halb im Schlaf, streckte ich die Hand aus, um die morgendliche Portion Tabletten, gegen hohen Blutdruck, Schilddrüsenüberfunktion und die vielen anderen Wehwehchen, zu frühstücken. Doch als ich, um die Pillen herunter zu spülen, ein Glas Wasser nahm – fiel es mir aus der Hand, weil meine Hände wieder mal eingeschlafen waren.

Ich fluchte lautlos, stöhnte und versuchte meine steifen Gliedmaßen aus dem Bett zu kriegen, um mich für die Arbeit fertig zu machen. Ich fühlte mich so, als hätte eine Kuh die ganze Nacht auf mir rumgekaut, um nachher, weil ihr Magen diese verdorbene Kost nicht verdauen konnte, auszuspucken. Ein Blick in den Spiegel verriet mir, dass ich genau so schlimm aussah, wie ich mich fühlte: die Augen waren von dunklen Schatten umringt, die Tränensäcke hatten sozusagen eine weitere Generation Tränensäcke zur Welt gebracht, die Krähenfüßen hatten sich noch tiefer in meine Haut eingegraben und meine Mundwinkel hingen nach unten, wie bei einer Bulldogge. Über die Wangen zogen sich tiefe Knitterfalten, die Gesichtsfarbe konnte man mit einem Wort beschreiben – Aschgrau!

Ich versuchte mit viel Spachtelmasse und Farbe meine vom langsamen Verfall gezeichnete Fassade ein wenig ansehnlicher zu gestalten, damit ich mich wenigstens auf die Straße wagen konnte. Aber wie heißt es doch so schön im Volksmund? Eine Ruine bleibt eine Ruine, auch wenn man die Fassade noch so prächtig übertüncht. Ich musste mich wohl oder übel mit dem Resultat meiner Restaurierungsarbeiten zufrieden geben und ins Büro eilen, denn ich war schon spät dran.

Morgens hole ich als erstes immer die Zeitungen vom Verlag ab, damit ich sie auswerten und meinem Chef per e-Mail zusenden kann. Als ich durch das Stadtzentrum eilte, registrierte ich mit einem Auge, dass eine kleine Gruppe Bauarbeiter von der Seite auf mich zukam. Ich beachtete sie nicht und eilte mit schnellen Schritten weiter. Auf einmal hörte ich hinter meinem Rücken ein leises Pfeifen. Im ersten Moment schenkte ich diesem keine Beachtung, doch als kurz danach ein weiteres Pfeifen und, weil ich immer noch nicht reagierte, ein lautes nicht überhörbares Räuspern erklang, huschte ein unwillkürliches Lächeln über meine Lippen: „Wie ähnlich sich doch Männer sind und wie vorhersehbar!"

Mein Mann fängt auch immer unbewusst an zu pfeifen, wenn er einer halbwegs attraktiven Frau hinterher glotzt!

Psst… Ich habe eine kleine Bitte. Erzählt dieses auf keinen Fall meinem Anvertrauten, denn er ahnt nicht, dass er sich mit seinem Pfeifen stets verrät. Übrigens hat er auch keine Ahnung über wie viel geheimes Wissen hinsichtlich seiner Vorlieben ich darüber hinaus verfüge. Dieses Wissen habe ich anhand einfacher Beobachtungen über die Jahre hinweg gesammelt. Es erlaubt mir, meinen Schatz besser zu kontrollieren, damit er keine gravierenden Fehler macht und unser Leben ruiniert. Ich kann somit, wenn es nötig wird rechtzeitig eingreifen, um den Kurs seines Schiffes auf eine sanfte Art, aber mit eiserner Hand zu ändern, falls es mal ein fremdes Ufer anstreben sollte.

„Die pfeifen doch nicht wirklich mir hinterher oder? Vielleicht sehe ich doch nicht so zerknittert aus, wie ich mich fühle?", fuhr ein hoffnungsvoller Gedanke durch meinen Kopf.

Ich spürte, wie mein Rücken sich durchbog und streckte, der Kopf sich unbewusst in die Höhe reckte und mein Gang federnder, beschwingter und leichter wurde.

Die Männer gingen immer noch hinter mir her und hörten nicht auf mit dem Pfeifen und Räuspern. Ich reagierte nicht. Unbeirrt, leicht schmunzelnd ging ich weiter und widerstand der Versuchung, mich umzudrehen.

„Juhuu! Ich bin doch noch nicht alt!", jubilierte ich innerlich.

„ Dreh dich bloß nicht um", fuhr es mir durch den Kopf, „damit die nicht bemerken, wie alt du wirklich bist!"

Ich erinnerte mich noch zu gut an die wenig schmeichelnden Worte meines Sohnes, der, eines Tages, als ich ihm stolz ein neues Kleid präsentierend, fragte:

„Wie sehe ich aus?", neckisch antwortete: „Na ja, von hinten noch ganz passabel."

„Dieses schicke Etuikleid und die sündhaft teuren Pumps mit den roten Sohlen – sind wirklich eine gelungene Investition gewesen", war mein nächster Gedanke, „Sie sind jeden Cent, den sie mich gekostet haben, wert! Wenn man in Betracht zieht, wie vorteilhaft die meine Beine betonen und strecken, welch magische Kraft die auf die Männer ausüben, und welch heilende und wohltuende Wirkung diese Seelentröster auf das angeknackste Selbstbewusstsein einer nicht mehr ganz jungen Frau haben, konnte man sogar behaupten, dass diese Kunstwerke wahre Schätze sind!"

Langsam gewöhnte ich mich an das mich verfolgende Pfeifen, ja ich genoss es sogar. An der Tür unseres Büros angekommen, drehte ich mich mit einem schelmischen Lächeln auf den Lippen um und… als ich in die verdutzten Gesichter der Bauarbeiter schaute, zwinkerte ich ihnen kokett zu, warf meinen Kopf in den Nacken und verschwand mit schallendem Lachen hinter der schweren Tür.

Die Arbeit ging mir den ganzen Tag ungewöhnlich leicht von der Hand. Ich fühlte mich so jung und voller Kraft, wie ich mich seit langer Zeit nicht mehr gefühlt hatte. Ich war nicht ausgemolken und schlapp, die Gelenke schmerzten merkwürdiger Weise auch nicht mehr so sehr. Ich fühlte mich so munter, dass ich, wie in meiner Jugend, die ganze Nacht hätte durchtanzen können!

Was ein kräftiger Schuss Endorphine doch mit einem machen kann,- dachte ich, als ich mich am späten Nachmittag, immer noch schmerzfrei, auf dem Heimweg befand.

„Vielleicht sollte ich, anstatt die vielen Pillen zu schlucken, lieber jeden Morgen bei einer Baustelle vorbeigehen, um mir gleich in der Frühe meine tägliche Dosis an Wundermedizin abzuholen?", sinnierte ich, „das ist bestimmt viel gesünder, als die vielen Medikamente, die ich jeden Tag schlucke und es  besteht auch keine Gefahr, dass ich tablettensüchtig werden könnte!"

„Oder doch?", meldete sich der kleine Hypochonder, der sich fest in meinem Unterbewusstsein eingenistet hat, zu Wort. Seit vielen Jahren versuche ich, ohne den geringsten Erfolg, diesen Quellgeist, dieses Biest loszuwerden, doch was ich auch tue, meine Anstrengungen sind von vorne herein zum Scheitern verurteilt.

„Was ist, wenn das Verlangen nach dem bewundernden Pfeifen für dich zur Sucht wird und du nicht mehr imstande bist ohne dieses Pfeifen schmerzfrei zu leben? Was passiert, wenn diese Dosis nicht mehr ausreicht und du fortwährend nach einer größeren Portion dieser Wundermedizin lechzt? Dann kannst du nur noch von einer Baustelle zur anderen hetzen. Du wirst aber leider, wie der Spiegel es dir ja jeden Tag vorführt, nicht jünger, sondern zunehmend älter. Irgendwann ist dann Schluss mit den Bewunderungen und du musst womöglich sogar noch eine Entziehungskur machen?!", grinste mein Plagegeist mich hämisch an.

Meine Schultern sackten herab und fingen plötzlich an unerträglich zu schmerzen, das Herz pumpte laut, wie eine Lokomotive, der Blutdruck schnellte gefährlich in die Höhe, so dass ich schon befürchtete, die Ader in meiner Schläfe würde gleich explodieren und ich bekäme einen Schlaganfall. Meine Beine fühlten sich wie Wackelpudding an, ich sackte wie ein Kartoffelsack zusammen.

Ein Teufelskreis…

Ein Jahr später…

In unserer Straße und in den Umliegenden werden die Wasserleitungen sowie der Straßenbelag erneuert. Von dem gesparten Geld für nicht gekaufte Medikamente, habe ich mir ein neues, schickes Kleid und High Heels gekauft. Eine gelungene Investition!

So lange es in Deutschland Baustellen gibt, brauche ich mir also um meine Gesundheit keine Sorgen zu machen!

Männer und Unkraut

- Anleitung zum spaßmachendem Unkrautjäten -

Ich hasse es Unkraut zu jäten! Ich liebe aber meine Blumen. Ich liebe es, wenn mein Garten mich im Sommer mit seinem bunten Farbenfeuerwerk und seiner Duftvielfalt betört. Da aber der Rest meiner Familie es noch mehr als ich hasst, Unkraut zu zupfen, und sie angeblich „Naturfreunde" sind und deshalb aus Überzeugung kein Unkraut ausrotten wollen, weil dieses genau so ein Recht auf Leben hat, wie meine heiß geliebten Rosen und Dahlien, – bleibt diese undankbare Arbeit immer an mir hängen.

Meine Familie ist sowieso fest davon überzeugt, dass ich, wenn es keine Arbeit gibt, mir welche ausdenke, damit ich sie damit ärgern kann. Sie frönen der Hoffnung, dass schmutzige Tassen, Teller und Gläser, wenn man sie nur lange genug stehen lässt, sich von selbst reinigen oder sich einfach in Luft auflösen. Meine Lieben glauben wohl auch - oder sie wollen es glauben - dass wir schon in der Zukunft leben und stolze Besitzer eines selbstreinigenden Hauses sind!

Also war ich - wie man leicht verstehen kann - nicht bei bester Laune, als es diesmal wieder an der Zeit war, meine Beete vom Unkraut zu befreien. Damit die Arbeit leichter von der Hand ging, nahm ich das Radio mit und schaltete einen Musiksender ein. Die Sonne schleuderte ihre tödlichen Strahlen direkt auf meinen Kopf, die Rosen bohrten ihre Dornen in meine Arme, ja sogar in mein Gesicht, so als ob ich nicht ihre Befreierin, sondern ihre Feindin wäre. Das Unkraut wehrte sich mit all seinen Wurzeln seinen lieb gewonnenen Platz unter der Sonne zu verlassen. Blutüberströmt arbeitete ich mich trotzdem mutig durch den Unkrautdschungel voran.

Im Radio sang Udo Jürgens. Er beklagte sich mit trauriger Stimme, und das schon seit über zwanzig Jahren, über sein eintöniges Leben und dass er „armer Mann" noch niemals in New York gewesen sei, noch nie in zerriss´nen Jeans durch San Francisco geschlendert sei und noch nie so richtig frei gewesen sei! Was für eine Tragödie! Der „arme, arme Mann", der Sklave der Neuzeit!

„Was für eine Memme!", dachte ich verachtend, „erst eine Familie gründen, Kinder in die Welt setzen, dann die ganze Arbeit der Frau aufhalsen und davon träumen abzuhauen! Seit Odysseus´ Zeiten hat sich nicht viel verändert! Früher kämpften die Männer wenigsten noch mit Ungeheuern, befreiten die Welt vom „Bösen". Auch wenn sie – blind und selbstverherrlichend – wie sie nun einmal sind, nicht merkten, dass oftmals das „Böse" und die Ungeheuer sie selbst waren!"

„Heute wollen sie nur noch mit zerriss´nen Jeans durch San Francisco bummeln, Bier trinken, Bikes fahren und Weiber aufreißen! Na ja, im Grunde sind sie in ihrer Entwicklung nicht weit vorangekommen! Nur das mit dem Kämpfen hat sich - Gott sei Dank - ein bisschen geändert: erst kämpften sie reale Schlachten, nachher kämpften sie gegen Windmühlen an, und heute kämpfen sie nur noch virtuelle Schlachten! (Abgesehen von den

Amis und den Terroristen, aber das ist eine andere Geschichte). Des Weiteren kämpfen sie hin und wieder verbissen gegen uns Frauen, wenn wir sie von ihren heiß geliebten Computern trennen wollen, oder wenn wir den Versuch wagen sie behutsam in das gesellschaftliche Leben der Familie zu integrieren: z. B. bitten den Mühleimer zu leeren oder das schmutzige Geschirr in die Spülmaschine zu stellen. Rebellierend behaupten sie, wir hecken diese teuflischen Pläne nur aus, damit wir ihnen ihre kostbare Freiheit rauben können!"

„Und was ist mit der guten alten Romantik passiert? Anstatt seinen egoistischen Träumereien nachzuhängen, sollte Udo lieber hoffen, eines Tages mit seiner geliebten Gemahlin die heiß ersehnte Reise nach New York oder San Francisco unternehmen zu können, wo sie Hand in Hand, meinetwegen auch in zerriss'nen Jeans, wenn er es denn unbedingt so haben will, durch die Straßen schlendern können. Er sollte wenigstens daran denken, ihr Blumen von der Tanke dafür mitzubringen, dass sie sich tagein tagaus aufopferungsvoll um die Familie kümmert. Aber nein! Der Schuft würde am liebsten lieber allein abhauen!"

Anstatt Unkraut, sah ich auf einmal lauter kleine Männchen in zerriss'nen Jeans vor mir, die, eine Zigarette rauchend, mich hinterhältig angrinsten. Mit ungeahnt wilder Kraft stürzte ich mich auf sie - riss sie raus und schleuderte sie angewidert auf den Rasen! Nach einer Weile merkte ich verwundert, dass die Arbeit gut voran ging, ja sie mir auf einmal sogar Spaß machte!

„Da sind mir die russischen Männer doch lieber!", dachte ich, mich langsam beruhigend.

„Was für romantische Lieder die sangen!"

„Ich fahr mit dir in die Tundra, Liebste, nur mit dir allein!", kamen mir auf einmal die Strophen eines Schlagers in den Sinn!"

Dies war in den achtziger Jahren des zwanzigsten Jahrhunderts wohl der bekannteste und beliebteste Schlager Russlands:

„Ich fahr mit dir in die Tundra,
Liebste, nur mit dir allein!
In die glänzenden Nordlichter
hüll ich deine Schultern ein!

Ich fahr mit dir in die Tundra,
Liebste, nur mit dir allein!
Mit den Rentieren wir fliegen,
übers Land, das ich dir schenk!

Und zu deinen Füßen werf´ ich
alles, was das Land verbirgt:
Pelze, Sterne, Edelsteine,
 - alles, Liebste, nur für dich!"

Wie haben wir uns damals gewünscht, wie haben wir davon geträumt, mit einem der Jungs der – wie man sie jetzt nennen würde – Boy Group „Edelstein" in die Tundra durchzubrennen. Hätten die Jungs nur einmal mit den Fingern geschnipst, wir wären mit ihnen bis ans Ende der Welt gefahren, dumm und naiv, wie wir damals waren!

Und die Jungs? Die wahren auf gar keinen Fall naiv und dumm und schon gar nicht romantisch – im Gegenteil, sie wussten ganz genau, wie sie die Mädchenherzen schneller schlagen lassen könnten, diese listigen Füchse!

Gerissen, wie sie nun mal waren, hatten sie alles gut durchgedacht. Der Plan war teuflisch einfach und wirksam: und zwar würden sie allein mit der Liebsten in die weite, kalte Tundra fahren, wo ihnen keine nörgelnde Schwiegermutter und erst recht keine lästige beste Freundin der Liebsten auf den Keks gehen könnten. Da könnten sie ihre Frau in eine Jurte einsperren und selbst tun und lassen, was sie wollten. Jagen gehen, Gold und Edelsteine suchen - und falls sie welche finden sollten – sie gleich versaufen!

Und die Geschenke? Dass ich nicht lache! Noch einfacher und billiger konnten es sich die Kerle wohl nicht mehr machen! Geschenke, die nichts kosten: Nordpolarlichter, Sterne, Schätze des Landes! Und falls sie dir doch mal einen Edelstein oder einen Pelz schenken sollten, was würde es dir schon nützen? Es sieht ja sowieso keiner! Wo? Auf welchem Fest kannst du deine Kostbarkeiten zur Schau stellen?! Auf einem Ball mit Rentieren, Bären und Wölfen?

Ja, so hinterhältig waren die schon immer, die Männer: die Frau einsperren oder besser noch, ihr einen eisernen Keuschheitsgürtel umlegen, damit sie ja auch treu und ewig auf ihn wartet, und selbst abhauen! Nein, die russischen Männer sind noch schlimmer und skrupelloser als ihre deutschen Artgenossen! Die haben es nicht anders verdient, die muss man alle ausrotten!"

Die Sonnenstrahlen bohrten sich in meinen Kopf und ließen meine Gehirnmasse vor Hitze schmelzen. Die Schweißperlen liefen mir in die Augen und verschleierten mir die Sicht. Trotzdem sah ich, wie die kleinen grünen Männchen mir betrunken und hämisch grinsend zuzwinkerten. Mit wilder Entschlossenheit stürzte ich mich auf die grünen Zwerge,

riss sie raus und schleuderte sie weg. Die sengende Sonne würde den Rest schon erledigen.

Als mein Mann in seiner Bienenschutzmaske in den Garten kam, stand ich zerzaust, in zerrissenen Kleidern, blutüberströmt, aber in Siegerpose in meinem unkrautfreien Garten! In der Hand hielt ich das letzte Büschel Unkraut!

„Na, bist du mal wieder deiner Lieblingsbeschäftigung nachgegangen? Hast du es gut!", meinte mein Mann dämlich grinsend.

„Gut? Eine regelrechte Schlacht habe ich gegen das Unkraut geführt!"

„Das nennst du eine Schlacht?", fragte mein Mann mich herablassend, als er stolz wie ein Ritter seinen Ritterhelm, die Bienenmaske von seinem Kopf streifte.

„Du solltest mal wie ich deinen Kopf direkt in die Höhle des Löwen stecken und einer ganzen Armee wütender Bienen, die dich an deinen kostbarsten Stellen zu stechen versuchen, den Honig entreißen, dann würdest du wissen, was eine Schlacht und Edelmut bedeuten! Was gibt es zu essen? Dein tapferer Ritter ist von der Schlacht heimgekehrt und er ist furchtbar müde und hungrig!"

„Wie schade", dachte ich, „dass Männer wie Unkraut sind, kaum glaubst du sie ausgerottet zu haben, wachsen schon wieder welche ran!"

„Ich glaube, ich muss mir mal ein Buch über Blumen, deren Gift im menschlichen Körper nicht nachweisbar ist, besorgen…"

Das Heiratsinserat

Jedes Jahr kurz vor Weihnachten habe ich immer mit meinem schlechten Gewissen zu kämpfen. Es sagt mir, dass ich eine miserable Köchin und Hausfrau bin und die Erwartungen meiner Mutter nicht erfüllen würde. Meine Mutter prägte mir von klein auf ein, dass eine gute mennonitische Hausfrau immer dafür Sorge zu tragen hat, dass ihre Familie dreimal am Tag gutes, selbstgekochtes Essen auf dem Tisch hat.

Mir ist nur zu gut bewusst, dass ich dem Ideal einer vorbildlichen Hausfrau bei weitem nicht entspreche. Leider bin ich keine leidenschaftliche Köchin, die ihre freie Zeit liebend gerne in der Küche verbringt. Meine kostbaren Mußestunden verbringe ich viel lieber mit dem Schreiben von Geschichten, Humoresken, Theaterstücken und Liedern und damit, diese dem Publikum zu präsentieren.

Doch sobald die Adventszeit naht, besinn ich mich meiner mennonitischen Wurzeln und koche, und backe wie eine Weltmeisterin. Ich backe Kekse, Piroggen und anderes mennonitisches Kleingebäck, mache „spare ribs", Frikadellen, Sülzfleisch, koche Borschtsch und Pelmeni. Denn was ist, das ist – unsere Vorfahren, die Mennoniten – waren keine Kostverächter. Wenn man sich lebenslang keinen Spaß im Leben gönnt, will man dies - so meine Theorie - wenigsten mit gutem Essen kompensieren, was bleibt einem sonst noch anderes übrig? Nach dem strengen Glauben der Mennoniten ist alles, was einen glücklich machen könnte - sei es Tanzen, ein Theater- oder Kinobesuch, mit Freunden feiern oder hin und wieder mal einen guten Wein genießen - Sünde.

Jedenfalls schwebt mein Mann jedes Jahr in der Weihnachtszeit vor Glück im siebten Himmel! Wenn er glaubt, dass er allein in der Küche ist und keiner ihn beobachtet, summt er sogar beim Essen fröhlich vor sich hin und dirigiert dabei mit einem Rippchen in der Hand ein imaginäres Orchester. Ja, so nah kann einem plötzlich das Himmelreich Gottes sein!

Und jedes Mal, wenn ich ihn so glücklich beim Essen sehe, beschleicht mich der Gedanke, dass er mich nicht geheiratet hat, weil er fand, dass ich weit und breit das schönste, interessanteste und reizvollste Mädchen sei und er mich heiß und innig liebte, sondern viel mehr deswegen, weil er hoffte, dass ich genau so gut kochen und backen könnte, wie meine Mutter, denn meine Mutter deckte jeden Samstag, wenn er mich besuchte, den Tisch wie an einem Feiertag. So wie sie es immer tat, wenn wir Besuch bekamen.

Eines Tages, als ich meinem Heinrich wieder mal beim Essen zusah, traf mich der Gedanke wie ein Blitz: „Wenn er dein fetttriefendes mennonitisches Essen weiter so in sich hineinschlingt, macht er dich noch vorzeitig zur Witwe! Du schaufelst deinem Mann quasi mit eigenen Händen ein Grab!"

Ich sah mich schon im schwarzen Kleid, als trauernde Witwe am Grabe meines frühverblichenen Gatten stehen und spürte, wie kalter Schweiß meinen Rücken entlang lief. Ich bekam Gänsehaut!

„Mein Gott, muss das Kleid denn unbedingt so lang und unförmig sein?! Wieso kann es denn kein kurzes Schwarzes sein?! Ach ja, ich vergaß, es ist ein mennonitisches Begräbnis!"

Ich teilte Heinrich von nun an die Portionen zu und erklärte ihm, wie sehr diese Fresssucht seiner Gesundheit schaden würde und ich so zu sagen mich zur Mittäterin machte, wenn ich ihm weiterhin dabei behilflich sein würde, langsam Selbstmord auf Raten zu begehen, ganz zu schweigen davon, dass ich nicht vorhätte nach meinem Ableben seinetwegen in der Hölle zu schmoren!

Doch meine Argumente stießen auf taube Ohren, ich kam gegen seinen Appetit einfach nicht an und er frönte seiner Leidenschaft heimlich weiter.

Lieber Leser, bevor ich meine Geschichte weiter erzähle, will ich hier ganz entschieden klar stellen, dass ich eigentlich eine sehr romantische und treue Frau bin. Dies hindert mich jedoch nicht daran, sehr realistisch und pragmatisch zu sein und mit beiden Füßen auf der Erde zu stehen.

„Was mache ich, wenn mein Heinrich frühzeitig das Zeitliche segnet?", durchfuhr mich der erschreckende Gedanke, wenn wir wenigstens reich wären, könnte ich den Verlust noch irgendwie verschmerzen. Ich könnte auf Weltreise gehen, um wieder zu mir zu finden, oder einen Urlaub auf den Bahamas machen, um dort mit einem Glas Pina Colada in der Hand, beim Betrachten des malerischen Sonnenuntergangs über den Sinn des Lebens zu sinnieren."

„Doch so wie die Dinge jetzt aussahen, hatte das Schlitzohr einfach vor sich von Dannen zu machen und mich alleine auf dem Schuldenberg und dem Kredit fürs Haus sitzen zu lassen!"

„Wie immer denkt er nur an sich und seinen Magen. Und ich? Ich bin ihm völlig wurscht!"

„Wie soll es dann mit mir weitergehen? Hab ich überhaupt in meinem Alter noch Chancen auf dem Heiratsmarkt?"

„Der Markt ist doch mit jungen, hübschen Dinger überfüllt und ich bin nach so vielen Jahren Ehe in Sachen Männerverführung und Flirten völlig aus der Übung!", fuhr es mir wieder durch den Kopf.

Ich beschloss die Lösung dieses Problems nicht auf die lange Bank zu schieben und meinen aktuellen Wert auf dem Heiratsmarkt zu checken, also fasste ich all meinen Mut zusammen und meldete mich im Internet bei einer kostenlosen Partnervermittlung an.

Ich stellte ein schönes Bild von mir rein, überlegte mir, was ich in mein Profil reinschreiben könnte und beschloss nach einem intelligenten, humorvollen und reichen Mann, der auf meiner Wellenlänge läge, Ausschau zu halten. Nach langem Überlegen meldete ich mich schließlich mit der Parodie eines bekannten Liedes an:
In dieser Wirtschaftskrise
suche ich einen Mann.
Wenn du eher dünn, als dick bist
und eher reich als arm bist,
rufe mich bitte an.

Dein Herz, das muss aus Gold sein,
mehr hab ich nie gewollt,
doch jetzt in der Krise wär´ es mir lieber,
dein Körper wär´ ganz aus Gold!

Die Augen – grüne Saphire,
zwei rote Rubine der Mund,
die Zähne aus Diamanten,
die Haare aus schwarzen Perlen,
am liebsten ganz viele und rund!

Melde dich edler Ritter
und schenk mir dein Herz aus Gold,
du kannst deinen Körper mir geben,
was brauch ich noch mehr im Leben?
Ich wäre auf dich so stolz.

Ich hätte nie damit gerechnet, dass sich auf diese Annonce so viele heiratslustige Männer bei mir melden würden. Doch beim Lesen der e-Mails wurde mir schnell klar, dass die Männer ihrem Ruf, wonach sie bei den Frauen mehr die Schönheit, als ein kluges Köpfchen und die inneren Werte schätzen würden, mal wieder alle Ehre machten. Die meisten, so kam es mir jedenfalls vor, hatten nicht einmal mein Profil gelesen.

„Einfach nur geil und sexy, wenn du Liebe suchst, rufe mich an!", so oder so ähnlich lauteten die meisten Botschaften. Diese sexsüchtigen, Möchte-Gern-Casanovas sortierte ich gleich aus, sowie diejenigen, die zu viel auf den Rippen hatten, denn schließlich waren dies genau solche Risikokandidaten für die Reise ins Jenseits, wie mein Mann!

Aber einige Briefeschreiber sahen ganz gut und schnuckelig aus und ihre Mails klangen auch ganz interessant.

„Endlich eine Frau, die alles will! Intelligent, ein wenig nachdenklich, mit viel Charme und Humor!", schrieb einer, der zudem auch noch verdammt gut aussah.

Ein anderer Heiratskandidat schrieb: „Ich bin begeistert, Du bist nicht nur eine schöne und intelligente Frau, sondern, was für mich viel wichtiger ist, hast Humor und Witz! Ich würde mich freuen mehr von Dir erfahren zu dürfen."

Den Männern, die es in die engere Auswahl geschafft hatten, schrieb ich zurück: „Herzlichen Glückwunsch! Ich freue mich, Dir mitteilen zu können, dass Du den ersten Test mit Bravour gemeistert hast! Aber hast Du Dir auch wirklich aufmerksam mein Profil durchgelesen? Bist Du Dir sicher, dass Du so viele Edelsteine und Edelmetalle auf die Waage bringen kannst, wie Du selbst wiegst? Wenn ja, können wir mal schauen, ob für uns eine gemeinsame Zukunft in Frage kommt."

Nach diesem Schreiben, bekamen viele Männer kalte Füße.

„Ich habe kein Bock auf deine blöde Tests, wir sind hier nicht bei Günther Jauch! Ich dachte du liebst Musik, Thater und so, aber wie ich sehe, sind für dir materielle Dinge wichtiger, als die seelische.", schrieb ein selbsternannter Kulturliebhaber. Ich erkannte in diesen Zeilen und den vielen grammatikalischen Fehlern gleich einen Aussiedlermann.

Meinem ersten Impuls folgend, wollte ich ihm schon deutlich machen, dass man für Konzert- und Theaterbesuche eine Menge Geld braucht, doch dann verwarf ich diesen Gedanken. Ich wusste aus eigener Erfahrung, dass es keinen Sinn hatte, ihn eines Besseren belehren zu wollen. Für den männlichen Homo Sapiens aus der ehemaligen UdSSR ist das Wort „Diskussion" ein Fremdwort.

Zum Glück gab es auch Männer, die sich von meinen Tests nicht irritieren ließen und mir einfallsreichere Botschaften schickten.

Ich zitiere: „Ich würde mich freuen alles, was ich besitze, Ihnen zu Füssen werfen zu dürfen, My Lady!"

„Ich träume davon Dir jeden Wunsch von Deinen schönen Lippen abzulesen und ihn erfüllen zu dürfen! Dein Wort ist mir Befehl!"

„Ich habe ein goldenes Herz, silberne Haare, goldigen Humor und die anderen Edelsteinchen darfst Du gerne selbst bei mir entdecken."

„Willst Du Dich, Dame meines Herzens, auf diese Entdeckungstour mit mir einlassen?"

Diese Spielchen hätten ewig so weiter gehen können, doch die Männer wurden langsam ungeduldig und fragten nach meiner Telefonnummer oder drängten auf ein persönliches Treffen. Ich begriff, dass ich meine Studie so schnell, wie möglich beenden musste und beschloss mein Profil zu löschen. Doch bevor es dazu kam, passierte etwas, das mir das Blut in den Adern gefrieren lies.

Eines Nachmittags, als ich gerade von der Arbeit heimgekommen war, klingelte das Telefon.

„Guten Tag, hier ist Günter…", erklang eine freundliche Stimme aus dem Hörer.

„Welcher Günter?", fragte ich verblüfft.

„Na der mit dem goldenen Herzen und dem goldigen Humor."

Mir verschlug es im ersten Moment die Sprache, ich blieb wie angewurzelt stehen und mein Herz setzte für einige Schläge aus und begann in der nächsten Sekunde so schnell, wie das eines Vogels zu rasen.

„Woher hast du meine Nummer?", fragte ich stotternd nach langem Schweigen, als sich der erste Schock gelegt hatte.

„Das ist mein kleines Geheimnis.", sagte er in dem scherzhaften Ton, in dem wir für gewöhnlich in unseren e-Mails kommunizierten.

Doch mir war nicht nach Scherzen zumute.

„Rufe mich bitte nie wieder an, und streiche diese Nummer aus deinem Gedächtnis!", brachte ich schließlich nach Luft schnappend raus und schleuderte das Telefon, wie eine giftige Schlange von mir. Ich vermochte mir nicht vorzustellen, was geschehen wäre, wenn mein Mann zu Hause gewesen wäre und er den Hörer abgenommen hätte.

„Was für ein Glück, dass Heinrich noch nicht von der Arbeit zu Hause ist!", war mein erster Gedanke.

Ich setzte mich schleunigst an den Laptop und verschickte an all meine potenziellen Heiratskandidaten ein und denselben Brief: „Ich lösche mein Profil, bitte versucht nicht mich anzurufen oder ausfindig zu machen. Ich suche keinen Mann! Ich genieße im Moment meine Freiheit und das Leben ist perfekt, so wie es ist. Ich habe dieses Heiratsinserat nur meinen Freundinnen zu Liebe aufgegeben, weil sie mich auf ihre Art glücklich sehen wollten, daher auch dieses merkwürdige Profil! Ich hoffte, dass ich damit die Männer abschrecken würde. Anscheinend lag ich mit meinen Erwartungen falsch. I`m sorry."

Trotzdem schreckte ich noch wochenlang auf, sobald das Telefon klingelte und beeilte mich, als erste zum Hörer zu kommen.

Ich beschloss mein plagendes Gewissen darüber, dass ich eine schlechte Ehefrau sei, ein für allemal zu begraben und meinen Mann nicht mehr mit kalorienreichem mennonitischen Essen zu verwöhnen. So würde er auch nicht vor der, ihm von oben vorgegebener Zeit, bei Petrus an der Himmelspforte anklopfen müssen. Nach dieser Erfahrung verspürte ich keine Lust irgendwann wieder in eine Situation zu geraten, die mich zwingen würde eine Heiratsannonce aufgeben zu müssen! Ich wollte mich nie wieder mit heiratswilligen Männern rumplagen müssen!

Ich ging sogar noch einen Schritt weiter und setzte meinen Mann auf kalorienarme Kost. Er war zwar mürrisch und mies gelaunt und summte nicht mehr so glücklich beim Essen vor sich hin, doch ich lies mich davon nicht irritieren und zog seine Diät eisern durch. Denn wie heißt es im Volksmund so schön: „Ein alter Hahn kräht immer noch besser, als ein Junger!"

Nach einiger Zeit fiel mir eine Veränderung in Heinrichs Benehmen auf. Er war wieder besser gelaunt, maulte nicht mehr so viel rum und pfiff sogar glücklich vor sich hin, sobald er vor seinem Laptop saß, so wie er es immer unbewusst tut, wenn er einer schönen Frau hinterher schaut.

Mir ging ein Licht auf. Mein Heinrich hatte sich bei der Internetbörse angemeldet und checkte gerade seinen Wert auf dem Heiratsmarkt ab! Seinem zufriedenen Pfeifen nach zu urteilen, waren seine Chancen nicht geringer, als meine, wenn nicht sogar noch besser.

„Nein, mein Liebster, " dachte ich, „so einfach kommst du mir nicht davon! Wenn hier jemand mit dir in der Hölle schmoren wird, dann bin ich das, deine dir angetraute Ehefrau! Schließlich wird uns Mennoniten die Aufopferungsbereitschaft in die Wiege gelegt, sie wird uns, so zu sagen, mit der Muttermilch eingetrichtert! Und die alles entscheidende Frage ist und bleibt doch, wer als erster in der Unterwelt landet, oder?"

Fröhlich singend ging ich in die Küche und rührte den Teig für den Lieblinkschokoladenkuchen meines heiß geliebten Gatten zusammen!

Romantik,

Kitsch und Nostalgie

Die Blaue Stadt

Dort , wo im langen Winter die Felder und Dörfer mit Bergen von glitzerndem kalten Schnee bedeckt sind, wo der Himmel im Sommer unendlich hoch und blau ist, wo die Sommerferien drei Monate lang dauern, wo der Winter lang und frostig, der Sommer sonnig und warm ist, wo die unendlichen Weizenfelder wie wogende Wellen und die kleinen Wäldchen wie grüne Inseln im gelben Meer aussehen, da sind Katjuscha und Wanjuscha zu Hause. Dieses weite Land heißt Sibirien.

Das kleine Dorf mit weißgetünchten Häusern und Zäunen, wo entlang der einzigen krummen Straße Pappeln wachsen, ist das schönste Dorf der Erde.

Katjuscha ist zwei Jahre älter als ihr kleiner Bruder Wanjuscha. Beide sind sommersprossig und haben große grüne Augen. Katjuscha hat blonde Zöpfchen und Wanjuschas Kopf bedecken feuerrote Haare. Die Welt ist wunderbar, man darf den ganzen Sommer barfüßig laufen und mit den Freunden auf Erkundungsreisen gehen. Jeder Tag steckt voller Entdeckungen! Katja ärgert sich oft nur, dass sie überall ihren kleinen Bruder im Schlepptau hat, der sie mit unendlich vielen Fragen über die Tierwelt und Natur löchert: „Können Delfine sprechen?“, oder: „Woher kommen die kleinen Kätzchen?“

Und wenn sie dann sagt: „Denk doch mal nach", antwortet er nach einer Weile: „Ach, ich weiß schon, sie werden von der Katze ausgebrütet, genau wie die Küken von der Glucke…"

„Was für ein Dummkopf…", denkt sie, widerspricht aber nicht, denn er wird mit der Zeit schon selbst darauf kommen.

Katjuscha liebt den kleinen „Zwerg", wie sie ihren Bruder immer nennt, findet es aber langweilig und teilweise auch eklig, wie er Mäuse am Schwanz fängt (igitt, igitt) und sie in einem großen Einmachglas sammelt, wenn der Vater im Frühling den Heuhaufen vom Winter aufräumt. Sogar der große Kater Wasja bekommt vor ihnen Angst und läuft weg.

Sie ist froh, wenn er sich selbst beschäftigt: die bunten weichen Küken futtert, Eier aus dem Nest der Mutter bringt oder auch mal Blumen für sie pflückt, der kleine Schleimer. Die Zeit, in der er sich mit seinen Küken, Mäusen, Igeln und aus den Nestern gestürzten halbnackten und halbtoten Vogelküken beschäftigt, ist sie frei!

Keiner löchert sie mit dummen Fragen und hängt an ihrem Rockzipfel. Sie spielt mit ihren Freundinnen und lässt ihr kleines Dorf, ihre ganze Welt in Magie versinken. Ein alter Zauberer, dem sie eines Abends im nahe liegenden Birkenwäldchen begegnet war, hatte ihr einen silbernen Zauberstab gegeben, damit sie träumen lernte und fremde Welten entdecken konnte.

Seitdem klettert sie jede Nacht mit ihrer silbernen Leiter auf die Wolken und schwebt im silbernen Mondlicht über ihr Haus, ihr Dorf, die Steppe und den Wald. Sie könnte ewig so schweben. Ein Wink mit dem Zauberstab, und die Spinnen weben feine goldene Netze von einem Baum zum anderen, darauf tanzt sie mit den Elfen und Feen, und sie singen lustige Lieder. Wenn die anderen alle schlafen, fährt durch ihr Dorf eine Eisenbahn, die ihr kleines Dorf mit der übrigen Welt verbindet.

Sie weiß ganz genau, dass es sie gibt, obwohl die Mutter ihr nicht glaubt und ihr immer wieder sagt, dass die Eisenbahn nicht einfach so am Tage unsichtbar werden kann und, dass es sie nur in der weit entfernten Stadt gibt. Auch die Blaue Stadt, die Katjuscha an sonnigen Sommertagen, wenn die Luft von der Hitze vibriert , weit, weit am Horizont sieht , gibt es nicht, sagen Vater und Mutter.

Diese Erwachsenen wissen immer alles besser! Aber sie wird ihnen das Gegenteil beweisen! Sie wird die Blaue Stadt finden!

In dieser Stadt ist alles blau: Die Häuser, die Wiesen, Wälder und Felder. Vor jedem Haus blühen wunderschöne blaue Blumen, die Straßen sind breit und mit blauem Gras bewachsen, die Früchte auf blauen Bäumen groß, blau und süß. In dieser Stadt fährt eine blaue Eisenbahn direkt in den Himmel. Hier leben die Menschen, die federleichten Elfen, die geheimnisvollen Feen, die lustigen Trolle glücklich und froh zusammen. In dieser Stadt gibt es keine Kranken, stirbt nie jemand und keiner ist hier je traurig. Diese Stadt liegt an einem großen blauen Meer auf dem große blaue Schiffe segeln. Auf einem dieser Schiffe wartet auf sie ein junger Prinz, der sie in die Arme nimmt und mit ihr in die weite, ferne Welt segelt. Das weiß sie ganz genau!

Zusammen mit ihrer Freundin Anjuta, die ihr jedes Wort glaubt, wollen sie diese geheimnisvolle Stadt entdecken.

Sie packen ihre Taschen mit Brot, Eiern, Gurken und Tomaten voll und machten sich auf den Weg. Den Eltern erzählen sie, sie wollen hinterm Dorf wild wachsende Äpfel für den Winter pflücken, wie sie es jeden Sommer tun.

Sie kommen rasch voran, denn sie sehen in der Ferne, in der vibrierenden Luft ganz deutlich ihre Wunderstadt, aber je weiter sie gehen, desto weiter entfernt sich die Stadt von ihnen. Sie merken, dass es schon spät ist, als sie spüren wie müde und erschöpft sie sind und die Sonne, wie ein roter Feuerball am gestreiften Himmel untergeht. Da ist die Blaue Stadt auf einmal nicht mehr zu sehen.

Sie hatten den ganzen Tag in ihrer wundervollen Welt mit Märchenfiguren verbracht, sich sogar auf einer traumhaften Hochzeit einer wunderschönen Elfe mit einem lustigen Kobold die Füße wund getanzt und sich den Heimweg nicht gemerkt.

„Macht nichts", versucht Katjuscha die weinende Anjuta zu beruhigen, „wir haben Decken dabei, schlafen uns aus, und morgen finden wir die Blaue Stadt."

Gesagt – getan. Unter einer großer Weide legen sie sich zum Schlafen. Die Weide flüstert ihnen mit ihren rauschenden Blättern eine Gute-Nacht-Geschichte und mit ihren langen Ästen wiegt sie die Mädchen in den Traum.

Als Katjuscha und Anjuta am späten Abend immer noch nicht zurück sind, werden die Eltern unruhig und fangen an, sie zu suchen. Sie finden sie jedoch nicht bei den wilden Apfelbäumen, wo sie vorgegeben hatten zu sein, und sind ratlos. Da meint der kleine Wanjuscha, er habe gehört die Mädchen wollen eine Blaue Stadt suchen und zeigt ihnen die Richtung , in der Katjuscha immer glaubte, ihre Wunderstadt zu sehen.

Nach langer Suche finden die Eltern die Mädchen unter einer großen Weide, die sie mit ihren Ästen beschützend bedeckt. Sie tragen die schlafenden Kinder nach Hause und als Katjuscha am nächsten Morgen aufwacht, liegt eine kleine silberne Münze, auf der eine blaue Stadt abgebildet ist, in ihrer Hand und sie träumt weiter von ihrer Blauen Stadt, obwohl sie im schönsten Dorf der Erde lebt.

Herbst in Sibirien

- oder Augenblicke des Glücks -

Auf dem Weg von der Arbeit nach Hause fuhr Tina wie immer mit dem Fahrrad bei „Harry´s Brot" vorbei. Ein Duft des frisch gebackenen Brotes schlug ihr, wie jeden Tag, entgegen. Der Duft war ihr bekannt und vertraut, dieser Duft füllte jeden Tag die Luft ihres kleinen Heimatdorfes in Sibirien. Sie merkte plötzlich, dass schon fast alle Bäume in goldener Pracht des Herbstes standen. Langsam, aber unvermeidlich, forderte der Herbst seinen Tribut. Aber irgendwas fehlte Tina zum vollkommenen Bild des Herbstes. Es war die unendliche Weite des Weizenmeers und das leuchtende Gold der Herbstwälder unter dem blauen Himmel, was ihr fehlte.

Die Erntezeit war immer die schwerste, aber für Tina auch die glücklichste Zeit gewesen. Über dem kleinen Dorf stand im Herbst immer ein derber oder süßer Duft von gegartem Obst und Gemüse. Die Frauen kochten für den langen Winter Salate, Kompotte und Konfitüre ein.

Doch am schönsten gefiel Tina die Arbeit auf der Tenne. Die jungen Mädchen arbeiteten in der Abend- und Nachtschicht. Auf der Tenne lagen große Weizen- und Roggenhaufen, die sie in die Kornschwinge schaufelten, um das Getreide zu reinigen. Das gereinigte Getreide schaufelten sie dann wieder in Haufen. Sie liebte den Duft von frischem Getreide, der über der Tenne schwebte, die Romantik der Abende und Nächte und das prachtvolle Farbenspiel des Sonnenuntergangs. Die letzten Strahlen der untergehenden Sonne tanzten fröhlich auf den goldenen Blättern der Birken, auf dem roten Gold der Ahornblätter und der scharlachroten Beeren der Eberesche. Für einen kleinen Augenblick leuchtete das Wäldchen, das am Rande der großen Tenne stand, golden auf und versank dann in der Dunkelheit der Nacht.

Muhend zog die Kuhherde vorbei in das Dorf hinein. Die ganze Dorfjugend versammelte sich um diese Zeit auf der Tenne. Bis in den Morgen wurde dann getanzt, gelacht und herumgealbert. Die Pärchen verschwanden in den Arbeitspausen hin und wieder mal im Wäldchen. Aber Tina lag am liebsten in ihren Pausen auf einem warmen duftenden Weizenhaufen, lies die goldenen runden Körner durch die Finger fließen und schaute in den klaren sternenübersäten Himmel. Die Welt war so wundervoll und so friedlich! Dann träumte sie von fernen Ländern, die sie einmal sehen wollte. Sie wusste, es waren nur schöne Träume, die nie in Erfüllung gehen würden.

Auch nicht in ihren kühnsten Träumen hätte sie sich damals vorstellen können, dass sie einmal in Deutschland leben würde. Ja, das Leben war oft spannender als alle Träume. Es geht mit einem ganz eigene unerwartete Wege.

Nachmittags, wenn sie ausgeschlafen hatte, half sie den Eltern bei der Kartoffelernte. Die Kartoffeln waren sehr groß, von 2 Sträuchern war der Eimer voll. Wenn sie Pause machten, holte der Vater Honig- und Wassermelonen, die zwar nicht sehr groß, aber süß und saftig waren, schnitt sie mit seinem krummen Gartenmesser in Scheiben, und es wurde gegessen und mit den dazukommenden Nachbarn über die Ernte und letzten Dorfneuigkeiten gesprochen. Man genoss die letzten warmen Altweibersommertage vor dem langen, schneereichen und kalten Winter.

So war der Herbst in Sibirien. Für Tina waren es die unvergesslichen Augenblicke des Glücks, die sich für immer in ihr Herz gebrannt hatten.

Vorfreude auf Weihnachten

Weihnachten in Russland?

Klirrende Kälte, meterhohe Schneeberge, das Glitzern der Schneeflocken mit Milliarden von Sternchen im Mondlicht, der Wald im Silberglanz wie aus einem Märchen, Knirschen des Schnees unter den Filzstiefeln, Schlittenfahrten, Duft von Weihnachtsplätzchen, Vorfreude auf Süßigkeiten und Geschenke.

Offiziell gab es in Russland zu meiner Kinder- und Jugendzeit keine Weihnachten im Kalender. Aber damit die Bürger nicht ganz leer ausgingen, feierte man Silvester mit Tannenbaum, Geschenken und Maskenball. Weihnachten wurde nur heimlich in religiösen Familien gefeiert.

Ende November, wenn es schon so kalt war, dass man die Schweine und das Rind für den Winter schlachten und einfrieren konnte, da es bis zum Frühjahr nicht mehr auftaute, wussten wir: Jetzt brauchen wir nicht mehr lange zu warten, dann kommt Väterchen Frost und bringt Süßigkeiten und Geschenke mit. Abends kam Vater in der Vorweihnachtszeit oft mit ein paar Bonbons von draußen rein, die Väterchen Frost angeblich unter unserem Fenster verloren hatte, als er sich vergewissern wollte, ob wir auch brav und artig waren.

Ich erinnere mich gern daran, wie glücklich und aufgeregt mein Töchterchen und mein Söhnchen waren, als eines abends, an dem die Kleinen nur mit Oma und Opa zu Hause waren, sie Besuch von Väterchen Frost und seiner Enkelin Snegurotschka (Schneemädchen) bekamen. Die beiden klopften unerwartet am Fenster und Opa ließ sie herein. Nachdem die Kinder ihre Gedichte und Lieder vorgetragen hatten, bekamen Sie von Väterchen Frost Bonbons geschenkt! Die Freude war so groß, dass sie immer noch nicht schliefen, als ich um elf Uhr Abends aus dem Kulturhaus, wo wir für das Neujahrskonzert geübt hatten, heim kam. Natürlich wussten die Kinder nicht, dass ich zwei Schauspieler aus unserer Laientheatergruppe vorbeigeschickt hatte.

Wie gut rochen die Weihnachtspätzchen, die wir „Prjaniki" nannten, die Mutter immer im Offen backte! Sie backte sehr viel und jeden Tag andere und fror sie dann ein, damit sie genug hatte um ihren Kindern und zahlreichen Enkelkindern zu Weihnachten etwas in die Tüten legen zu können, denn Bonbons gab es selten zu kaufen.

Als ich schon selbst Mutter war, kochte ich Bonbons aus Kakaopulver, das mein Mann gegen Wodka bei Leuten, die Verwandte in Deutschland hatten, und diesen gelegentlich Kaffee, Kakao und andere leckere Sachen in Paketen schickten, eintauschte. Ich versteckte die Bonbons meines Wissens vor den Kindern gut, aber merkwürdigerweise wurden es mit jedem Tag weniger, obwohl ich mir immer neue Verstecke einfielen ließ. So musste ich immer kurz vor Weihnachten noch einmal Bonbons kochen.

Als ich selbst noch ein Kind war, schnipselten wir mit meinen älteren Schwestern aus Papier schöne Schneeflöckchen, bastelten Weihnachtssterne, bunte

Ketten, malten Lampen an, schmückten die Zimmer aus und, wenn die Eltern nicht zu Hause waren, durchsuchten wir das Haus, die Scheune und die Sommerküche nach Geschenken.

Ich erinnere mich noch lebhaft daran, dass einmal kurz vor Weihnachten meine Puppe verschwunden war, Vater und Mutter vertrösteten mich damit, dass im Haus nichts verloren geht und ich sie schon finden würde. Wie groß war meine Freude, als ich sie dann Weihnachten morgen auf meinem Teller, den wir immer für Geschenke unterm Tannenbaum aufstellten, in neuen Kleidern, die Mutter genäht hatte und in einem neuen Bettchen, das Vater gezimmert hatte, entdeckte!

Kurz vor Weihnachten brachte Vater ein paar Kiefernäste nach Hause. In der Kulunda Steppe, wo wir lebten, wuchsen keine Tannenbäume, und die Kolchose schickte jedes Jahr einen Lastwagen, um einige Kiefern und Fichten in der Taiga zu fällen. Wie immer bekamen diejenigen, die wenigstens einen kleinen Posten hatten, die besten Bäume. Die einfachen Mitarbeiter oder Rentner, wie mein Vater es war, mussten sich mit dem Rest zufrieden geben. Vater bohrte dann im dicksten Ast Löcher und steckte in diese die kleineren Äste rein. Endlich durften wir den Baum mit dem bunten Weihnachtsschmuck schmücken. Wunder-schöne Häschen, Bärchen, Vögelchen und Märchenfiguren aus Glas fanden ihren Platz, neben den selbst gebastelten bunten Ketten und Lametta. Je weniger vom Baum zu sehen war und je bunter und glitzernder er geschmückt war, desto schöner war er, denn man hatte ja sonst nicht viele schöne Sachen im Leben!

In der Zeit zwischen Weihnachten und Neujahr wurden in den Schulen Silvesterfeste gefeiert mit Vorstellungen von Wintermärchen, mit Gesang und Tanz um den Tannenbaum, mit einem bunten Maskenball und den jedes Jahr wieder vom Nordpol kommenden Väterchen Frost samt seiner Enkelin Snegurotschka, die ein hellblaues Kleid anhatte, das mit weißen Schneeflöckchen und Schnee aus weißer Watte am Rock und den Ärmeln, bestickt war. Sie war mit ihren weißen, langen Zöpfen und der Krone auf dem Kopf wunderschön. Am bunt geschmückten Tannenbaum funkelte und glitzerte im Schein der Lichterketten der Weihnachtsschmuck. Die Wände des Sportsaals, in dem die Feier statt fand, schmückten die schönsten Bilder mit Wintermotiven der jungen Künstler, vom Dach hingen weiße Schneeflöckchen und Lametta runter. Die kleinsten Mädchen in weißen Wolken aus Tüll und mit Krönchen auf den Köpfen tanzten den berühmten Schneeflöckchentanz.

Mann tauchte für paar Stunden in die Welt der Märchen ein und vergaß bereitwillig die nicht so bunt schillernde Gegenwart.

Der krönende Abschluss der Feier war für gewöhnlich die Verteilung der Tüten mit Süßigkeiten und der Geschenkpreisen für die besten Karnevalskostüme von Väterchen Frost und Snegurotschka. Zu Hause durfte man dann auch noch einen Teller für Geschenke aufstellen. So früh, wie an diesem Morgen, sind viele Kinder freiwillig wohl nie in ihrem Leben aufgestanden!

Die Feier für die Erwachsenen fand nach demselben Muster am 31. Dezember im Kulturhaus statt. Da kamen für gewöhnlich alle Dorfbewohner zusammen. Sie waren sehr schön und festlich gekleidet. Die Postzustellung arbeitete den ganzen Abend. Einige Jugendlichen spielten die Postboten und überbrachten die von den Dorfbewohnern zu Hause geschriebenen Wunschkarten den Freunden und Verwandten, aber auch so manche geheime Liebesbriefe wechselten an diesen Abend den Besitzer. Es fand ein Konzert statt, und es wurde viel um den Tannenbaum im Kreis Lieder singend gegangen, gelacht, getanzt und gealbert!

Ein dafür extra gewähltes Juri begutachtete die selbst gemachten Kostüme und ob die Träger sie auch richtig darstellten (z.B. mit einer Musikeinlage oder einer kleiner Aufführung). Am Ende des Abends wurden dann die Plätze dafür vergeben und es fand eine Tombola statt. Als unentbehrliches Attribut sorgten Väterchen Frost und Snegurotschka immer für ausgelassene und fröhliche Stimmung. Die Jugend kaufte für ihr Geld Süßigkeiten ein und bereitete für sich Tüten vor, so dass sie nachher reichlich von Väterchen Frost beschenkt werden konnte!

Kurz vor Mitternacht gingen die Dorfbewohner dann nach Hause um mit Freunden am reichlich gedeckten Tisch auf das Neue Jahr anzustoßen und zu feiern, wobei gegen zwei Uhr Nachts sich viele wieder im Kulturhaus versammelten, um bis in den Morgen zu tanzen und Gruppenweise loszuziehen, um die älteren Dorfbewohner oder die, die zu Hause feierten zu beglückwünschen, indem man Glückwünsche rezitierte und Weizen auf sie streute, der ihnen viel Glück und Reichtum im Neuen Jahr bringen sollte. Die Beglückwünschten bedanken sich mit einem Schnäpschen dafür, so dass man, wenn man am Ende des Dorfes ankam, fast nicht mehr auf den Beinen stehen konnte!

Leider kenn ich aus der Zeit nur zwei Weihnachtslieder: das erste ist das bekannte Lied „Stille Nacht", das ich von meinen Eltern lernte und das zweite „ O, Tannenbaum", von dem wir die erste Strophe auch in der Schule singen durften.

Weihnachten in Deutschland?

Ich war geschockt als ich bei schönstem Herbstwetter ein Kaufhaus betrat und dieses weihnachtlich geschmückt vorfand. Überall wurden Weihnachtsartikel angeboten und aus den Lautsprechern erklangen Weihnachtslieder!

Damals hatte ich noch keine Vorstellung davon, wie schwer es ist die Ware loszuwerden, wenn alles im Überfluss vorhanden ist.

„Die sind doch verrückt!", dachte ich, „Die haben doch nicht alle Tassen im Schrank, bei schönstem Wetter Weihnachtsartikel zu verkaufen und das Kaufhaus weihnachtlich zu schmücken!"

Jetzt habe ich gelernt damit umzugehen und lasse mir von denen die Vorfreude auf Weihnachten nicht mehr verderben! Ich schalte einfach so lange es draußen warm ist meine fünf Sinne ab, schaue nicht hin und tue so, als ob ich vom ganzen Trubel nichts mitbekommen würde!

Langsam tastete ich mich an den Genuss der Vorweihnachtszeit heran. Alles war ungewöhnlich und bezaubernd: die Adventszeit, das Anzünden einer Kerze nach der Anderen bis endlich alle vier brannten, die leuchtenden Weihnachtspyramiden und Sterne in den Fenstern, die Weihnachtskalender mit den Türchen, der Nikolaustag, die Weihnachtsmärkte mit Glühwein und schönem, farbenfrohem Weihnachtsschmuck, Weihnachtsdekorationen und Krippenfiguren, die vielen vorzeitigen Weihnachtsfeiern, damit man Weihnachten mit der Familie verbringen kann, die Weihnachtsmusik in den Supermärkten, der Überfluss und das Lichtermeer in den Kaufhäusern und auf den Straßen!

Jetzt bin ich eine echte Weihnachtsvorfreudegenießerin geworden! Ich freue mich, wenn ich nach der Arbeit an kalten ungemütlichen Abenden am Kaminfeuer beim Kerzenschein ein Gläschen Punsch oder Glühwein mit der Familie zu mir nehmen kann. Genieße es, wenn meine inzwischen erwachsene Tochter und ich kurz vorm ersten Advent bei einem Gläschen Portwein genug Weihnachtsgestecke für alle Zimmer des Hauses basteln, alles bunt und daher vielleicht auch ein wenig zu kitschig schmücken, aber ein bisschen Kitsch ist wohl an Weihnachten erlaubt oder? Ich liebe es dabei Weihnachtslieder zu singen und versuche die protestierenden Stimmen meiner Kinder zu ignorieren. Von diesen Liedern bekomme ich nie genug, weil ich diese, so meine Vermutung, unbewusst Jahrelang vermisst habe!

Ich schätze es meine Freundinnen in der Weihnachtszeit einzuladen und mit ihnen bei Bratäpfeln und heißer Schokolade über Gott und die Welt zu plaudern. Lange vorher freue ich mich schon auf ihr fröhliches Lachen und ihre Geschichten, aus denen ich des Öfteren Stoff für meine Erzählungen schöpfe!

Ganz besonders liebe ich die Stunden in denen meine Tochter mit ihren Freundinnen Weihnachtsplätzchen in unserer Küche backen und freue mich jedes Jahr aufs Neue, wenn ich das Geplätscher ihrer Stimmen aus der

Küche höre und der süße Vanille- und Zimtduft der Plätzchen durch die Zimmer zieht! Ich bin froh, dass mein Haus gemütlich, warm und mit Lachen erfüllt ist!

Weihnachten in Deutschland?

Was wäre Weihnachten in Deutschland ohne Besuch eines Weihnachtsmarktes! Mittlerweile ist es bei uns Tradition geworden, dass meine Tochter und ich den Weihnachtsmarkt in Hamburg besuchen. Wir erledigen getrennt unsere Weihnachteinkäufe für den Anderen und suchen dann gemeinsam kleine Geschenke für unsere Freunde und Familienmitglieder aus.

Seitdem die Kinder mir eines Jahres ein paar schöne Weihnachtskugeln aus Glas geschenkt haben, weil sie wussten, wir sehr ich den schönen Weihnachtsschmuck aus Russland vermisse, kaufen wir jedes Jahr ein, zwei neue dazu und verabschieden uns langsam von dem Plastikschmuck, den wir uns in den ersten Jahren zugelegt hatten. Mittlerweile gibt es in den Geschäften immer mehr Weihnachtschmuck, der dem Russischen ähnelt.

Abends trinken wir dann ein Gläschen Glühwein, genießen Hamburg, spüren die pulsierende Lebendigkeit der Nordmetropole. Wir, ehemalige Steppenkinder, haben uns mittlerweile sogar an das Getümmel der Leute auf den Straßen gewöhnt. Wir bestaunen die festlich geschmückten Schaufenster, lauschen dem Gesang der Straßenmusikanten, bewundern die bunten lauten Festumzüge!

Wir staunen immer wieder wie schön die Alster ist, in deren Mitte eine große funkelnde Tanne steht, deren Lichter mit dem Mond und den Sternen, die auf dem

Wasser tanzen, wetteifern! Die majestätischen Hotels spiegeln sich im Wasser der Binnenalster. Im Glanz der Lichterketten, die wie ein Sternenzelt über unseren Köpfen bunt und fröhlich funkeln gehen wir zum Bahnhof und fahren müde aber glücklich nach Hause!

Weihnachten in Deutschland?

Was wäre Weihnachten in Deutschland ohne die vielen Weihnachtsfeiern, auf denen man beim Kerzenschein Kaffe, Kuchen und Sekt genießt und gemeinsam die schönen Weihnachtslieder singt? Was wäre Weihnachten ohne die vielen Konzerte der Chöre in den Kirchen und ohne den Gesang der vielen gastierenden russischen Sänger!

Den schönen echten, nicht zusammengestückelten, Weihnachtsbaum stellen wir meistens schon einen Tag vor dem Heiligen Abend auf. Wir schmücken ihn gewöhnlich in zwei drei Farben, nicht so bunt, wie es in Russland Mode war. Mein Sohn versucht immer wieder ein Paar Kugeln in anderen Farben dazwischen zu schmuggeln mit der Begründung: „Je bunter der Weihnachtsbaum ist, desto schöner ist er." Dies ist wohl seine Art der Nostalgie, die ihn beim Gedanken an seine Kindheit in Russland überkommt, Ausdruck zu verleihen. Wir verpacken die Geschenke und legen sie unter den Tannenbaum, aber die Erwartung der Bescherung ist hier nicht so prickelnd wie in Russland, denn bekannterweise weiß man nur das zu schätzen, auf das man lang und sehnsuchtsvoll gewartet hat!

Am Heiligen Abend kochen wir, backen und gratulieren per Telefon allen Freunden und Verwandten in Deutschland, Russland und Canada und warten auf Schnee! Wie glücklich wir sind, wenn es Weihnachten mal schneit, wie schön wird dann abends der Spaziergang, wenn die Schneeflocken, wie einst in der alten Heimat, tanzend und kitzelnd auf unseren Gesichtern landen!

Nach dem Kirchenbesuch setzen wir uns dann an den reichlich gedeckten Tisch. Ich versuche die Kinder mit der Drohung, dass es im nächsten Jahr keine Geschenke geben wird dazu zu bewegen, mit mir ein paar Weihnachtslieder zu singen.

Nach langen Beschwörungen und Bitten meinerseits und Geziere und Gelächter von Seiten der Kinder singen wir ein Weihnachtslied und sie singen so herrlich falsch, dass mein Mann sein schiefes Grinsen fast nicht verbergen kann, und sein dicker Bauch wie ein Vulkan vor dem Ausbruch bebt. Ich schaue ihn finster an und stoppe so noch rechtzeitig seine kritischen Bemerkungen, die er meistens nicht zurückhalten kann!

Nach dem Essen werden dann die Geschenke ausgepackt und meistens bekommst du etwas, von dem du wusstest was es ist, denn du hast gesehen, wie dein Mann am letzten Arbeitstag noch schnell einen Wasserkocher oder irgendein anderes Küchengerät, anstatt der heiß ersehnten Karten für „Mamma Mia", aus dem Auto ins Zimmer der Tochter geschleppt hat, um es von ihr einpacken zu lassen.

Du versuchst dir die Enttäuschung nicht anmerken zu lassen und freust dich darüber, dass wenigstens die

Kinder deinen Geschmack kennen und dir immer ein kleines und lustiges Geschenk machen!

Wir schauen uns noch gemeinsam eine Weihnachtskomödie an, machen einen Spaziergang und schauen in die Wohnzimmer der anderen Leute. Was die wohl machen? Ob die einen schöneren Baum als wir haben oder glücklicher sind? Wer weiß das schon?

Endlich ist der Tag, auf den alle so lange gewartet haben, vorbei und wir gehen schlafen, denn am ersten Weihnachtstag treffen wir uns mit dem Rest der Familie und dafür muss man gewappnet sein, für das reichliche Essen und die unnötigen Geschenke!

Was ist jetzt schöner die Vorfreude auf Weihnachten oder Weihnachten? Für mich liegt die Antwort auf der Hand. Und für Euch?

Magie der Nacht

Endlich war die Geburtstagsfeier zu Ende. Die letzten Gäste verließen das Haus. Maria seufzte erleichtert. Wenn es nach ihr gegangen wäre, hätte sie ihre Geburtstage am liebsten vergessen, was für ein Blödsinn, zu feiern, dass man wieder ein Jahr älter geworden ist, dass das Leben an einem im Nu vorbei zieht und man Tag ein Tag aus immer nur den gleichen Trott hat: kochen, backen, waschen, putzen, die Kuh melken, das Vieh füttern – und wo bleibt der Sinn des Lebens, die eigenen Bedürfnisse?

Mal einen Tag ohne Verpflichtungen für sich allein zu haben, das wäre das schönste Geburtstagsgeschenk gewesen. Aber das war zu viel verlangt, das würde keiner verstehen. Ihr fünfzigster Geburtstag und sie feiert nicht! Und so hatte sie seit einigen Tagen alles für die Geburtstagsfeier vorbereitet, denn ob sie wollte oder nicht, die zahlreichen Verwandten und Freunde würden sowieso kommen. Ob ihr nach Feiern zu Mute war, interessierte keinen. So war es schon immer im Dorf gewesen.

Maria galt schon als sonderbar als sie noch ein junges Mädchen war, obwohl sie immer wieder versuchte sich anzupassen, so zu sein wie alle. Doch sie verbrachte die Zeit lieber im Wald oder am Fluss.

Sie konnte stundenlang an nur ihr bekannten, geheimen Plätzen verweilen, anstatt wie die anderen Mädchen sich mit Jungen zu verabreden oder tanzen und feiern zu gehen. Maria lag lieber im duftenden Gras, las Bücher,  hörte dem unaufhörlichen Plätschern des Wassers zu, das wie ein lustiges, nie endendes Lied erklang. In dieser Melodie hörte sie Geschichten von exotischen geheimnisvollen Welten und Ländern, von Leben und Tod, von Liebe und Verrat, von der Vergangenheit und der Zukunft.

Besonders liebte sie aber den Zauber des Wassers bei Nacht, sie genoss es nach der Tageshitze beim Mondschein ins funkelnde Wasser zu tauchen und sich von Myriaden glitzernder kühlender Sternchen umhüllen zu lassen. Der Fluss war nie gleich: einmal war er stürmisch und wild, das andermal lustig und verspielt wie ein kleines Kind, dann wiederum wogten die Wellen langsam und schimmernd, erhitzt von der Glut der Sonne und glichen einer verwöhnten, rätselhaften und unwiderstehlich schönen exotischen Frau.

Jetzt hatte sie leider seit langem keine Zeit mehr für ihre Ausflüge gehabt. Der Alltag fraß die Zeit auf. Aber heute wollte sie sich die Zeit nehmen und zum Fluss gehen.

Sie räumte den Tisch ab, der unter dem großen Apfelbaum im Garten stand, spülte das Geschirr und ging mit einem Badetuch runter zum Fluss, wo sie sich wie gewöhnlich unter ihre große Lieblingsweide setzte, die ihre langen Äste im fließenden Wasser badete. Der riesige

Feuerball der Sonne sank langsam in den Fluss und tauchte die Wolken, den Himmel, die Blätter der Weiden, die sich im kupfernen Wasser spiegelten, die jungen schlanken Körper der Mädchen und die kräftigen Körper der Jungen, die ein Netz durchs Wasser zogen, in purpurnes Licht. Die letzten Flammen der Sonne leuchteten noch einmal im Fluss auf und ertranken, das warme Rot wich dem blassen weißem Licht des Mondes und das Wasser glänzte von einer Minute zur anderen nicht mehr kupfern, sondern silbern im Schein des Mondes. Die Weiden und die weißen Birken, die das Ufer des Flusses säumten, tauchten in ein geheimnisvolles weiß - silbriges Licht und es schien als ob sie mit hellen geheimnisvollen Blüten übersät wären.

Maria hörte die jungen lustigen Stimmen der Jungen und Mädchen, die das Netz am Ufer von den Fischen befreiten und sich dabei gegenseitig mit Wasser bespritzten und herumalberten. Sie beneidete sie wegen ihrer Jugend und Sorglosigkeit! Mit welch natürlicher Grazie, Unbefangenheit und Leichtigkeit jede ihrer Bewegungen erfüllt war!

Sie ging ein bisschen weiter weg, zog ihr Kleid aus, steckte ihr langes rotes Haar hoch und ging langsam ins Wasser.

Obwohl sie heute fünfzig geworden war und sie vor einer Stunde noch so müde gewesen war, dass sie nur ein Bad nehmen und schlafen gehen wollte, fühlte sie sich auf einmal jung und lebenshungrig wie die Mädchen am Ufer.

Sie tauchte ein paar Mal unter, lies sich schwerelos nach unten gleiten, damit die warmen Wellen, ihren Körper umspielen konnten. Sie genoss dieses Gefühl der

Schwerelosigkeit, und diese Geborgenheit, die das Einseins mit dem Wasser in ihr hervorrief. Als sie wieder auftauchte, schaute sie in zwei große dunkelblaue Augen eines jungen Mannes. Sie erschrak und schwamm panisch zum Ufer. Der Mann schwamm hinter ihr her.

Irgendwas, sie spürte es, hatte sich unmerklich verändert. Als erstes nahm sie wahr, dass die Luft anders duftete, dann sah sie, dass am Ufer mehrere Feuerstellen brannten und um die Feuer viele Leute versammelt waren. Sie lachten, sangen und tanzten ums Feuer.

„Habe ich was verpasst? Wurde ein Dorffest geplant, und ich habe es durch meine Geburtstagsvorbereitungen nicht mit bekommen?", fragte sie sich überrascht.

Schwere Hände legten sich auf ihr Schultern und drehten sie langsam und behutsam um. Sie schaute wieder in die Augen des Unbekannten: „Was wollen Sie? Lassen sie mich sofort los!"

„Ich bin Lubomir, und dieses Land gehört unserem Stamm, aber was tust du hier und wer bist du?", fragte der Unbekannte und fuhr mit der Hand über Marias langes rotes Haar: „Du bist sehr schön", sagte er leise und sie merkte, wie Lubomir ihren nassen im Mondlicht sanft schimmernden Körper bewundernd anschaute.

Maria war nicht bewusst, wie schön sie immer noch war: ihre Beine waren lang und gut geformt, die Haut perlmutweiß und immer noch straf, die Taille war immer noch gertenschlank, nur die Hüfte waren ein bisschen breiter geworden, aber dies unterstrich noch mehr ihre Weiblichkeit. Das lange, rot schimmernde Harr, die großen grünen Augen und sinnlichen Lippen wirkten auf die meisten Männer noch genau so verführerisch wie vor 25 Jahren. Das gedämpfte Nachtlicht verlieh ihrer Alabasterhaut einen matten Glanz, der sie jünger und zerbrechlicher erschienen lies.

Sie errötete, ihre Hände umfassten schützend ihre Brüste, sie suchte nach ihrem Kleid, doch fand sie es nicht an der Stelle, wo sie dachte es zurückgelassen zu haben.

Überhaupt kam ihr die ganze Gegend irgendwie fremd vor. Die Umrisse der Bäume waren anders als sonst, unweit in der Nähe eines lichten Wäldchens sah sie Umrisse im Kreis stehender Hütten, die vorher nicht da gewesen waren.

Maria zitterte am ganzen Leibe. Trotzt der Abendschwüle und der überall brennenden Feuer, wurde ihr auf einmal furchtbar kalt. Lubomir merkte es und reichte ihr sein weißes Hemd, das er gerade selbst anziehen wollte: „Danke, ich bin Maria.“, sagte sie und streifte das leinene Hemd über.

Maria hörte eine hohe glockenhelle Stimme rufen: „Lubomir! Lubomir! Komm mit, wir springen über das Feuer, damit wir zusammen glücklich werden!“

Sie sah ein junges dunkelhaariges Mädchen, das wie ein Wirbelwind auf sie zugelaufen kam. Einen Schritt von ihnen entfernt blieb sie abrupt stehen und funkelte Maria mit feurigen schwarzen Augen an: „Wer ist das? Warum trägt sie dein Hemd?“, fragte sie argwöhnisch.

„Beruhige dich Lubawa, das ist Maria.“, sagte Lubomir sanft, „Sie fror und da habe ich ihr mein Hemd gegeben, sie hat sich wohl verirrt.“

Lubawa funkelte sie immer noch misstrauisch an, warf dann ihre Arme um Lubomirs Hals und küsste ihn stürmisch und demonstrativ auf die Lippen. Ihre ganze Körperhaltung zeigte Maria: „Dieser Mann gehört mir, lass die Finger von ihm!" Dann zog sie Lubomir mit sich zum Feuer, Lubomir nahm Marias Hand und zog sie mit sich.

Ein Strohwisch brannte lichterloh und tausende kleiner Feuerfunken tanzten in der Luft wie kleine Glühwürmchen umher. Das Licht des Feuers erhellte die Nacht, tauchte die fröhlichen Gesichter der ums Feuer tanzenden jungen Leute in ein warm schimmerndes Licht. Maria versuchte bekannte Gesichter zu entdecken, aber sie waren ihr alle fremd.

Die meisten Mädchen und Jungen waren hellhäutig und dunkelblond, nur Lubawa war eine Ausnahme. Sie war mit Abstand die schönste unter ihnen. Die Mädchen hatten helle leinene Kleider an, die Haare schmückten geflochtene Kränze aus Wiesenblumen und duftenden Kräutern. Die Jungen waren auch in helle Leinenhosen mit darüber hängenden Hemden gekleidet.

Als das Feuer nicht mehr so hoch brannte, nahmen sich die liebenden Paare an die Hände und sprangen darüber. Maria wurde klar, dass die jungen Leute die Sommersonnenwende, im slawischen Raum, die so genannte Nacht von Iwan - Kupala feierten. Wer am höchsten und weitesten sprang, würde am glücklichsten werden.

„Komm, spring mit mir", sagte Lubomir zur Maria, und schaute sie mit seinen dunkelblauen Augen aufmunternd und herausfordernd an, doch sie wehrte ab.

„Sieht er nicht, dass ich viel älter bin als er? - fuhr es ihr durch den Kopf.

Im nächsten Moment zerrte Lubawa ihn mit sich und die zwei sprangen übers Feuer. Es war ein schönes Bild. Die hohen Feuerzungen umzüngelten den starken Körper des blonden muskulösen Hünen und den der gertenschlanken dunkelhaarigen Schönheit für einen Moment und umhüllten sie mit einem magischen Licht.

Maria konnte sich nicht mehr dem Zauber dieser Nacht entziehen, es war alles so ungewöhnlich und überwältigend, so dass sie sich nicht mehr wehrte, als Lubomir sie mit sich zog, um die Kränze mit brennenden Kerzen ins Wasser zu lassen. Er bat ein Mädchen um zwei Kränze und sie ließen sie mit denen der anderen ins Wasser gleiten. Die Kränze von Lubomir und Lubawa trieben nach einer Weile dicht nebeneinander und Lubawa jubelte laut und warf sich erneut Lubomir um den Hals. Er ließ es über sich mit der Geduld und Nachsicht eines älteren Bruders ergehen. Lubawa gab aber nicht nach, sie zog, wie auch die anderen Mädchen und Jungen ihr Kleid aus und versuchte Lubomir mit sich ins Wasser zu locken, doch dieser wehrte es energisch ab.

Lubawas feurige Augen schleuderten zornige Blitze in Marias Richtung, sie zog einen Schmollmund, warf den

Kopf mit der schwarzen Mähne stolz, wie ein wildes Pferd in den Nacken und rief mit herausforderndem hohem Lachen einem Jungen zu, der sich die ganze Nacht in ihrer Nähe aufgehalten hatte und wohl in sie verliebt war: „Ruslan komm, wir gehen baden, und um Mitternacht gehen wir zusammen eine Farnkrautblüte suchen!" Der folgte ihr hoffnungsvoll und froh.

Lubomir wandte sich Maria zu und fragte: „Willst du mit mir die Farnkrautblume suchen? Wenn wir sie finden, gehen alle unsre Wünsche in Erfüllung."

Verzaubert von der Intensität des Leuchtens seiner samtenen Augen, von der Magie dieser Nacht, nickte sie stumm und folgte ihm wie in Trance. Es war Vollmond, aber Lubomir nahm trotzdem eine Fackel mit und so gingen sie in Richtung des kleinen Wäldchens.

„Du siehst so anders aus, aus welchem Land kommst du? Wer bist du?", fragte er erneut.

Maria teilte ihm ihre Befürchtung mit, sie meinte: „Ich lebe auch am Ufer dieses Flusses…", doch bevor sie weiter reden konnte, nahm Lubomir ihre Hände in seine, zog sie an sich und bedeckte mit wilden aber auch gleichzeitig sanften Küssen ihre Augen, Haare, Lippen.

„Bleib bei mir… bleib doch hier… du darfst nicht wieder gehen… du bist ein Geschenk des Gottes Kupalo, die Erfüllung meiner Träume…mein Glück, du bist so schön… deine grünen Augen haben mich oft aus der Tiefe des Flusses lockend angeschaut, ich habe in Gedanken so oft deine roten Locken und deine roten Lippen liebkost.", flüsterte er unzusammenhängend zwischen den Küssen. Für einen kleinen Moment konnte sie seinem wilden Geflüster, seinen heißen Küssen und der Hitze, seines jungen kräftigen Körpers nicht widerstehen. Sie stöhnte leise auf und gab sich seinen wilden Liebkosungen hin, ihre Lippen öffneten sich seinen fordernden Lippen, ihr Körper schmolz unter seinen heißen Händen dahin, seine Küsse brannten auf ihrer Haut mit tausend kleinen Flammen, fast der Ohnmacht nahe sanken sie ins hohe duftende Gras. Sie waren ein Teil dieser Steppe, dieses Flusses, dieser magischer Nacht, zwei liebende Kinder der Erde. Alles andere war auf einmal nicht mehr wichtig

Langsam kam Maria wieder in die Gegenwart zurück. Sie wusste nicht wie viel Zeit vergangen war, ob diese Nacht ein Traum oder Wirklichkeit war, ob das Lied, dass sie hörte, der Mond und die Sterne am Himmel, die Weide, die sie mit ihren langen Zweigen von fremden Blicken verdeckte, das duftende Gras aus der Vergangenheit oder Zukunft waren?

Sich auf den Arm stützend, schaute Lubomir sie liebevoll an und fuhr leise mit einer Blume über ihre Lippen: „Schau ich habe ein blühendes Farnkraut gefunden, er ist über unseren Köpfen erblüht, los, wünsch dir was und deine Wünsche gehen in Erfüllung! Stell ihm eine Frage und du bekommst eine Antwort."

Maria dachte nach. Sie hatte keine Wünsche, sie war so glücklich, wie seit langem nicht mehr, aber für wie lange?

„Was für eine traumhafte Nacht! Danke Gott, dass ich dieses Wunder der Natur erfahren durfte! Doch wie soll es weiter gehen?", dachte sie.

„Hör auf dein Herz…hör auf dein Herz…nutze die Zeit…“, hörte sie wie von weitem eine Stimme.

Sie schaute sich um, aber sie sah keinen, dem die Stimme hätte gehören können. Aus den Niederungen quollen dicke Nebelschwaden hervor und füllten langsam die gesamte Gegend.

„Lass uns baden gehen“, - flüsterte Lubomir leise und fuhr mit seinen heißen rohen Händen sehnsüchtig die Biegungen ihres Körpers nach. Am Fluss hatten die Mädchen Lubawa als die Schönste unter ihnen zum Kupalo-Mädchen gewählt. Nackt stand sie im Zentrum eines Reigens, von Kopf bis Fuß mit Blumenkränzen umwickelt, mit zugebundenen Augen und verteilte unter den tanzenden Mädchen frische und schon verwelkte Blumenkränze. Die Mädchen, die einen frischen Kranz bekamen, schrien fröhlich lachend auf. Maria guckte Lubomir fragend an.

„Das Mädchen, das einen frischen Kranz bekommt, wird reich und glücklich und noch in diesem Jahr einen Ehemann finden“, erklärte Lubomir schmunzelnd.

Der Nebel schwoll immer mehr an, er lies die Umrisse der Bäumen, die Wiese und den Fluss in gespenstischen Licht erscheinen. Umgeben von einer weißen Nebelwolke gingen sie durchs hohe Gras, badeten ihre nackten Körper im Tau, dem man in der Iwan-Kupala Nacht heilende Wirkung nachsagte, und stiegen in den Fluss. Das Wasser war warm und weich wie Milch.

Lubomirs Lippen erforschten erneut sehnsüchtig ihren Körper, brannten auf ihrer Haut, sie kämpfte noch eine Weile gegen das erneut in ihr aufsteigende wilde

Verlangen an, aber auch das Wasser vermochte dieses Feuer der Leidenschaft nicht zu löschen. Eng umarmt tauchten sie unter.

Als sie wieder auftauchte, war sie allein. Schlagartig war ihr klar: das schöne Märchen ist vorbei. Nur ihre Haut, ihre Lippen, ihre Brüste brannten noch vom Feuer seiner Küsse, sie würden sich ewig an Lubomirs sanfte Hände und Lippen erinnern, ihr Herz zog sich in stummer Sehnsucht zusammen.

Sie schwamm zum Ufer. Die Nacht war genau so schön und magisch, wie ein paar Augenblicke zuvor, oder waren es Jahrhunderte? Der Fluss floss genau so ruhig und majestätisch wie zuvor, die Nebelwolken zogen über die Steppe, das Birkenwäldchen, das Wasser.

War alles, was ihr widerfahren war, einen Augenblick oder ein paar Jahrhunderte zuvor geschehen? Sie wusste es nicht. Es war auch nicht wichtig. Sie fühlte, dass sie eins mit dieser Nacht, mit der Steppe, mit der Erde mit dem ganzen Universum war und erstarrte in stummer Entzückung vor der Schönheit der Schöpfung. Diese Nacht, das spürte sie, gab ihr die Kraft und Gewissheit endlich das zu tun, was sie sich schon längst vorgenommen hatte.

Marias Sachen lagen noch genau da, wo sie sie abgelegt hatte. Sie nahm das Badetuch und ihr Kleid und ging nackt durch das nasse duftende Graß, saugte in sich wie ein Schwamm die Düfte, das zwitschern der Vögel, die rätselhafte nicht vergehende Schönheit und Unvergänglichkeit dieses Morgens auf. Das Kleid zog sie erst an, als sie im Garten ihres Hauses angekommen war.

Sie molk die Kuh, gab der Katze Milch, futterte die Hühner und Enten. Sie erledigte diese Arbeiten wie immer automatisch.

„Wo warst du die ganze Nacht? Wieso packst du deinen Koffer?“, fragte ihr Mann misstrauisch und brüskiert, als er nach dem Bad ins Schlafzimmer kam, und Maria beim Packen ihres Koffers antraf. –

„Ich verreise für einige Zeit“, sagte sie ruhig. „Wie bitte? Du verreist? Wohin?“, stotterte er erschrocken.

„Das verrate ich niemandem. Ich will meine Ruhe haben, ich gehe fort, um ein Buch zu schreiben.“ Sie verriet ihm nicht, dass sie die Einladung, die ihre Freundin ihr schon öfters gemacht hatte, nämlich auf ihrer Datscha, die an einem einsamen traumhaften Ort stand, Urlaub zu machen, endlich wahrnehmen wollte, um das lange geplante Buch zu schreiben.

„Und ich? Die Kinder? Das Vieh? Der Garten?“, stotterte er weiter. „Die Kinder sind längs erwachsen und selbstständig und das Vieh und den Garten übernimmst ausnahmsweise mal du. Findest du nicht, dass ich meine Pflicht in all den Jahren zu genüge erfüllt habe? Die Kinder erzogen, den Haushalt geschmissen und all die Jahre auch noch gearbeitet.“

„Das kannst du mir nicht antun! Was werden die Leute sagen?“ „Ist mir egal, sollen sie tratschen, wenn sie unbedingt tratschen wollen.“

„Du kannst dein Buch doch auch zu Hause schreiben.“ „Wann? Nein, mein Lieber, ich bin fünfzig. Keiner wird mir die Zeit schenken, wenn ich sie mir nicht selbst nehme. Alles hat seine Zeit: Zeit ein Haus zu bauen, einen Baum zu pflanzen, Zeit Kinder zu gebären und zu erziehen, jetzt ist für mich die Zeit gekommen, auf mein Herz zu hören und meine Träume zu verwirklichen."

„Welche Träume? Wir haben die doch längst verwirklicht!"

„Nein, mein Lieber, wir haben deine Träume verwirklicht. Vieh gezüchtet, ein Haus gebaut, Autos gekauft, und immer und immer so weiter: Geld, Geld, Geld…alles andere war nicht wichtig!"

„Du kannst nicht einfach alles stehen und liegen lassen und weggehen! Ich verbiete es dir!", schrie er zornig. „Doch, das kann ich! Und ich tu es auch! Du kannst mir nichts verbieten!"

„Wie kann ich dich erreichen?", stammelte er, als er sah, dass es ihr ernst war. „Ich habe doch gesagt, dass ich meine Ruhe haben will, ich rufe dich selbst an.", sagte Maria, küsste ihn auf die Stirn, nahm den Koffer und verließ das Haus.

Mit verdutzter, die Welt nicht mehr verstehender Miene schaute ihr Mann ihr hinterher. Sie spürte seinen zornigen Blick, konnte seine Fassungslosigkeit gut verstehen, aber diesmal durfte sie nicht aufgeben.

„Hör auf dein Herz… Hör auf dein Herz…nutze die Zeit, nutze die Zeit…", hörte sie immer und immer wieder.

Eine zauberhafte Winterromanze

„**H**eute schneit es den ganzen Tag. Die Schneeflocken fallen ganz leise, genauso wie damals. Erinnerst du dich noch daran, Liebster? Damals war auch die ganze Welt um uns herum mit weißem Schnee bedeckt. Es war der Schnee unserer Hoffnung. Er lag vor unseren Füßen rein und weiß, wie ein leeres Blatt Papier und ich hoffte, dass wir darauf die Geschichte unserer Liebe schreiben würden.", hauchte Elena mit leiser Stimme in den Saal.

Und sofort war es wieder da, dieses Gefühl, dass *er* sie hören konnte, dass *er* sie sehen konnte, dass *er* da war. Dieses Gefühl begleitete sie seit gestern Abend, als sie nach der Arbeit, anstatt den Bus zu nehmen, spontan beschloss zu Fuß nach Hause zu gehen.

„Wer weiß, wann es wieder vor Silvester schneien wird?", dachte sie, während sie sich plötzlich wie ein junges Mädchen fühlte und den Weg durch den Park einschlug.

Die unzähligen großen Schneeflocken verwandelten die Welt um Elena herum in ein weißes Märchenland. Sie tanzten im Licht des Mondes und der Laternen grazil ihren letzten Schwanentanz und fielen leise auf die kahlen Äste der Birken, auf das dunkle Grün der Tannenbäume und schließlich auf die gefrorene Erde, die – so kam es Elena vor - vom Licht der soeben gefallenen Engel leuchtete. Die fröhlichsten der Schneeflocken kitzelten schelmisch ihre Nase, bevor sie auftauten und als kleine

Wasserperlen auf ihren Lippen landeten, um diese angenehm anzufeuchten.

Der Schnee glitzerte und knirschte lustig unter ihren Stiefeln, genauso wie damals, vor einer Ewigkeit, in Sibirien...an dem einzigen gemeinsamen Abend, an dem sie schweigend durch die Straßen ihres zugeschneiten Dörfchens gingen.

Wieso tauchten diese längst vergessenen Bilder wieder in ihrem Bewusstsein auf, wieso dachte sie auf einmal an Andreas, den sie längst glaubte vergessen zu haben? Elena wurde schlagartig bewusst, dass er in diesem Moment auch an sie dachte, sie spürte förmlich seine Anwesenheit – er war hier, hier bei ihr! Sie lachte glücklich, als eine kleine Schneeflocke ganz zart ihre Lippen berührte – es war ein Kuss von ihm - so zart hatte nur er sie geküsst.

Von weitem hörte sie eine leise Melodie erklingen und wie von selbst formten sich die Worte zu dieser zauberhaften Musik. Sie sang das Lied leise vor sich hin, immer und immer wieder, obwohl sie die leicht verwunderten Blicke der Passanten wahrnahm. Sollten diese doch ruhig denken, dass sie verrückt sei. Als sie zu Hause ankam, setzte sie sich gleich ans Klavier und übte das Lied ein. Sie beschloss, solange es draußen noch so schön winterlich aussah, das Lied gleich am nächsten Abend auf dem Silvesterkonzert zu singen.

Elena schaute in den Saal, spürte diese gewisse Magie zwischen ihr und dem Publikum, die immer dann entstand, wenn sie die Leute von der Echtheit ihrer Gefühle überzeugen konnte. Mit glockenhaft heller Stimme begann sie zu singen:

So einen starken Schneefall,
so einen starken Schneefall,
den haben wir hier nicht so oft gehabt.
Die Flocken fallen leise,
sie fallen sanft und leise,
die Welt ist wie ein Märchen
ganz weiß und wunderbar.

> Flocken fliegen, sie tanzen und schweben
> und die Welt ist traumhaft schön,
> wir Zwei tanzen den Walzer beim Mondschein
> flöckchenleicht im Sternenschnee!"

Sie sang und in Gedanken war sie weit, weit weg von hier, in ihrem verschneiten Heimatdörfchen, an einem kalten Januarabend, an dem die Russen das „alte Neue Jahr" feiern. Da es zu der Zeit in ihrem Dorf nur zwei Fernseher gab, waren sie, eine Gruppe Jugendlicher, bei einer jungen Familie eingeladen gewesen, um sich die allseits beliebte Fernsehsendung: „Lieder des Jahres" anzuschauen.

Die Sendung endete erst spät, weit nach Mitternacht. Beim nach Hause gehen waren Elena und Andreas irgendwie alleine geblieben. Sie gingen schweigend durch die schlafenden Straßen. Der Schnee fiel vom Himmel in solchen Mengen, dass Elena an die Kissen ausschüttelnde Frau Holle denken musste. Im Nu waren ihre Pelzmützen und Mäntel mit weißem Schnee bedeckt. Die Schneeflocken klebten an Elenas langen, schwarzen Wimpern, kitzelten ihre Nase und Lippen. Sie wusste nicht, ob es Zufall war, dass sie zu zweit geblieben waren, oder ob es Andreas Absicht gewesen war.

So schüchtern und unerfahren sie damals auch war, glaubte sie doch gemerkt zu haben, dass sie ihm nicht gleichgültig war, und wenn sie ehrlich sein sollte – träumte sie im Stillen auch von ihm. Doch warum war er immer so zurückhaltend? Sie konnte doch nicht den ersten Schritt machen? Er fragte etwas belangloses, sie antwortete etwas belangloses, dann herrschte wieder unangenehmes Schweigen.

Als sie an ihrem Haus ankamen, verabschiedete sie sich hastig und machte einem Schritt in Richtung ihrer Haustür. In diesem Moment griff er nach ihrer Hand und hielt sie zurück.

Er nahm ihre Hände in die Seinen, zog sanft ihre schneenassen Handschuhe runter und wärmte ihre kalten Hände in seinen, dann küsste er zart jeden ihrer Finger und hauchte sie mit seinem heißen Atem warm. Elena stand wie gelähmt da, unfähig etwas zu sagen oder sich zu rühren. Andreas berührte mit seinen heißen Lippen sanft ihre Augen, ihre kalte Nase, ihre Wangen und schließlich ihre von Schneeflocken nassen, halbgeöffneten, bebenden Lippen, so als ob er die Schneeflocken von ihrem Gesicht mit seinen Lippen aufsammeln würde. Seine Küsse waren so leicht, dass es Elena vorkam, als ob ein Schmetterling ihre nasse Haut mit seinen zarten Flügeln berühren würde. Ihr Herz raste, das Blut in ihren Schläfen pulsierte wild, die erste Erstarrung löste sich in eine Verwirrung auf. „So also fühlte es sich an, wenn man verliebt ist? So fühlt es sich an, wenn dich ein geliebter Mann küsst? Wieso sagt er dann nicht, dass er mich liebt? Spielt er nur mit mir, oder meint er es ernst?"

Sie befreite sich sanft aus seiner Umarmung und lief ins Haus hinein.

„Wieso war sie damals nur so dumm und naiv gewesen, warum hatte sie ihr Glück nicht erkannt? Wieso hatte sie es nicht mit beiden Händen fest gehalten? Wieso, wieso, wieso?"

Sie schaute in den Saal und…plötzlich raste ihr Herzschlag, pochte, wie die Flügel eines Schmetterlings, gefangen in einem zu kleinen Glas.

„Und genauso wie damals, liegt heute der reine, weiße Schnee, wie ein leeres Blatt Papier zu meinen Füßen und ich wünsche mir, dass wir genau so wie damals durch die Straßen unserer Stadt gehen und dieser Schnee nicht zum Schnee unserer Trennung wird.", hauchte sie mit bebender Stimme die Schlusswörter des Liedes.

Als das Konzert zu Ende war, ging Elena nicht wie gewöhnlich in den Saal, um sich mit den Zuschauern zu unterhalten, sondern in den Umkleideraum und fing an sich hastig umzuziehen und ihre Sachen zu packen, doch alles fiel ihr aus den Händen und sie setzte sich schließlich kraftlos hin. Sie hörte den Trubel um sich herum nicht, sondern sah vor sich nur Andreas dunkle Augen, die, so schien es ihr, sie überall verfolgten. Hatte sie es sich nur eingebildet, oder hatte sie tatsächlich Andreas im Saal sitzen gesehen? Nein, das konnte nicht wahr sein, wieso sollte er denn hier sein? Er wohnt doch hunderte Kilometer entfernt? Woher wusste er wo sie heute Abend zu finden sein würde?

Sie dachte an den warmen Maiabend zurück, den letzten Abend vor ihrer Hochzeit. Valeri und sie machten nach dem Abendessen noch einen Spaziergang über die Wiesen, durch den blühenden Obstgarten und das kleine lichte Birkenwäldchen. Die weißen Stämme der Birken schimmerten silbern im Mondschein und die ersten frischen, klebrigen Birkenblätter verströmten einen ganz besonderen Frühlingsduft.

„Müsste mir in dieser Minute nicht von diesem betörenden Duft schwindlich sein? Müsste ich jetzt nicht vor Glück den Kopf verlieren, singen, tanzen, lachen?", durchfuhr Elena ein Gedanke. Doch anstatt restlos glücklich zu sein, wurde sie ein Gefühl des Unbehagens nicht los. Sie gingen durch das Dörfchen zurück. Als sie am Haus ankamen, trat aus dem Schatten der großen Pappel eine leicht schwankende Gestalt hervor. Es war Andreas.

„Elena, kann ich dich sprechen? Ich muss dir soviel erzählen…", fragte er.

„Nein, ", meinte Valeri grob, „du bist betrunken, geh nach Hause und schlaf dich aus."

„Warte Valeri, wieso antwortest du für mich? Was wolltest du mir erzählen, Andreas?"

„Bist du glücklich? Glaubst du, er liebt dich so sehr, wie ich dich liebe?"

„Du liebst mich? Wieso hast du es mir denn nicht früher gesagt?"

„Hast du es denn nicht gemerkt?", stammelte er, „Ich wollte es dir hundertmal sagen, doch sobald ich dich sah, konnte ich kein Wort mehr rausbringen. Du wusstest doch, dass ich in der Armee eine große Dosis atomarer Strahlung abgekriegt habe, ich dachte wozu brauchst du einen kranken Mann und wollte erstmal ganz gesund werden. "

„Das hätte mich doch nicht gestört, Andreas", sagte sie sanft.

„Wieso liefst du denn damals - weißt du noch, als es schneite - so schnell weg? Ich wollte es dir sagen…und die Liebeserklärung auf der Tafel in der Schule: „Elena, ich liebe dich", die war auch von mir Ich habe dich seit dem Augenblick geliebt, als ich dich das erste Mal nach dem Abschluss meines Wehrdienstes sah. Erinnerst du dich noch daran, wie wir bei uns meine Rückkehr feierten und meine Mutter dir die Gitarre gab und dich bat zu singen. Ich weiß sogar noch was du sangst. Das Aschenputtellied. Und seit diesem Moment, war es um mich geschehen…"

„Hör sofort auf!", knurrte Valeri, „Sonst kriegst du eins auf die Nase!"

„Wenn du das tust, kannst du gleich für immer gehen.", sagte Elena ganz leise, aber resolut und befreite sich aus seiner Umarmung.

„Aljonuschka,", so nannte nur Andreas sie, „glaub mir, du wirst mit ihm nicht glücklich werden, er ist nicht dein Mann, er kennt dich nicht so, wie ich, er weiß dich nicht zu schätzen…"

„Es ist zu spät, Andreas, zu spät, du hättest mir dies alles früher sagen sollen…", sie wusste nicht, ob sie das Richtige tat, aber alles war für die Hochzeit in die Wege geleitet und sie konnte nicht mehr zurück, so war es nun mal im Dorf – es würde keiner verstehen, wenn sie jetzt die Hochzeit absagte, vor allem nicht ihre Eltern, die ohnehin schon so viel durchgemacht hatten in ihrem Leben.

Andreas kam näher, nahm ihre Hand in die seine und hauchte einen kaum spürbaren Kuss auf diese.

„Aljonuschka, Liebste, ich werde dich immer lieben, ruf mich, wenn du mich brauchst und ich werde kommen, egal wo ich bin."

Kurz darauf heirateten Valeri und Elena und zogen fort. Sie bekamen drei Kinder: zwei Töchterchen und ein Söhnchen. Sie waren ihr Glück, ihr Leben, ihr ein und alles. Doch Andreas hatte Recht behalten, sie war mit Valeri nicht glücklich geworden. Als ihre erste Verliebtheit vorbei war, wurde ihr schnell klar, dass Valeri ein ungehaltener, eifersüchtiger und jähzorniger Choleriker war. Sie hatte gelernt damit zu leben, doch von Liebe war keine Rede mehr. Jetzt waren die Kinder erwachsen und außer Haus und sie spürte noch mehr als früher ihre Einsamkeit. Es war kalt in ihrer Ehe, sie lebten nicht miteinander, sondern nebeneinander her und Elena blieb bei Valeri nur noch aus Pflichtgefühl.

Andreas, so hatte sie von seiner Schwester, mit der sie schon als Kind zusammen gespielt hatten und immer noch befreundet war, zuhören bekommen, blieb lange allein. Doch irgendwann hatte auch er geheiratet, doch angeblich nicht, weil er seine Frau liebte, sondern weil sie ihn so sehr liebte, dass es für zwei reichte. Sie führten eine gute Ehe, sagte ihr Andreas Schwester.

Elena hatte Andreas nur einmal kurz gesehen und da lebte sie schon in Deutschland. Es war auf dem Dorftreffen der ehemaligen Bewohner aus Russland gewesen. Nach dem offiziellen Teil, schaute sie sich die Fotocollage an, als plötzlich Andreas hinter ihr stand und ihr ins Ohr flüsterte:

„Hallo, Aljonuschka, wie geht es dir?", sie drehte sich um und sah in seine tiefen, dunklen Augen, die, so schien es ihr, wie ein unruhig flackerndes Feuer brannten. Als er ihr zur Begrüßung die Hand reichte, merkte sie dass seine Hand zitterte und er selbst, angespannt wie eine Gitarrensaite war.

„Danke, gut", sagte sie, „und dir?"

„Jetzt, wo ich dich sehe, geht es mir wunderbar, du hast wie immer wunderschön gesungen…ich liebe es, wenn du singst…", fügte er noch zögernd hinzu.

Und plötzlich, wie aus dem Nichts stand Valeri neben ihnen. Elena wunderte sich immer wieder mit welch uraltem Instinkt er spürte, wenn sich jemand für seinen Besitz, sein Weibchen interessierte und gleich zur Stelle war, um dieses zu verteidigen. Sie wunderte sich umso mehr, da er sich die ganze Zeit draußen mit anderen Männern aus dem Dorf unterhalten hatte. Andreas verabschiedete sich hastig und sie sah ihn an diesen Tag nicht wieder, da er gleich nach Hause gefahren war.

Das war vor zwei Jahren. Und jetzt war er auf einmal da, ohne dass sie ihm geschrieben oder ihn angerufen hätte.

Die Kollegen verabschiedeten sich einer nach dem anderen von Elena und fragten sie, ob sie zur Feier mitkäme, sie schüttelte nur verneinend mit dem Kopf und blieb sitzen. Als alle gegangen waren, öffnete sich leise die Tür, sie schaute hoch und sah Andreas mit einem riesigen Strauß aus Wiesenblumen im Türrahmen stehen. Ihr Herz setzte aus, dann fing es doppelt so schnell an zu schlagen.

Woher hatte er mitten im Winter Wiesenblumen herbekommen und woher wusste er, dass sie diese jeder noch so edlen Rose vorzog?

„Du hast mich gerufen, und hier bin ich", sagte er mit bubenhaftem Lächeln, als er ihr den Blumenstrauß überreichte. Oh Gott, wie sie dieses Lächeln liebte, wie sehr sie es vermisst hatte!

Sie versenkte ihr Gesicht im bunten Strauß und ein bekannter Gräserduft umhüllte sie. Sie fühlte sich wie ein kleines Mädchen, das auf der Wiese hinter ihrem Haus in der heißen Mittagssonne liegt und den Tanz der bunten Schmetterlinge beobachtet. Sie lachte glücklich und schaute Andreas strahlend an. Er tauchte sein Gesicht ebenfalls in die Blumen und fand ihre heißen, trockenen Lippen, die nach Kamille, Mohnblumen und Veilchen schmeckten. Ein Feuer zog durch ihre ausgehungerten Körper. Vom Liebesrausch betrunken standen sie engumschlungen da und vergaßen die Welt um sich herum. Die Zeit stand still.

Der Hausmeister überraschte die Liebenden beim allabendlichen Rundgang vor dem Abschließen des Hauses. Elena errötete, wie ein junges Mädchen und versenkte ihr glühendes Gesicht an Andreas Brust.

Kichernd, Hand in Hand, wie kleine Kinder, liefen Elena und Andreas in den winterlichen Abend hinaus und blieben wie angewurzelt stehen. Große, weiße Flocken fielen auf die Bäume, die Häuser, glitzerten in der weihnachtlichen Beleuchtung der Girlanden und landeten lautlos auf dem weißen Boden.

 Andreas nahm behutsam ihr Gesicht in seine Hände, sammelte genauso wie damals mit seinen heißen Lippen die kalten Schneeflöckchen von Elenas Augen, Wangen und Lippen. Sie schlug ihre Arme um seinen Hals, die Blumen fielen zu ihren Füssen. Die zerbrechlichen Blüten bildeten auf dem glitzernden weißen Schnee einen wunderschönen, in allen Farben leuchtenden Teppich. Der weiße Schnee bedeckte wie mit Puderzucker die roten Mohnblumen, die blauen Veilchen und die zarten weißgelben Kamillen.

Andreas sammelte, die mit Schneeflocken, bedeckten Blumen auf, überreichte sie Elena erneut und flüsterte leise: „Wie lange war der Weg zu dir, Aljonuschka…ich lasse nicht mehr zu, dass dieser Schnee zum Schnee unserer Trennung wird. Dieser Schnee soll der Schnee unserer Hoffnung sein, auf dem wir die Geschichte unserer Liebe schreiben werden."

„Wie erkläre ich das Valeri?", fragte sie sich, nur um so gleich diesen Gedanken zu verwerfen: „Lass mich darüber morgen nachdenken. Dein ganzes Leben lang hast du mit dem Verstand entschieden und bist du glücklich geworden? Lass wenigstens einmal zu, dass dein Herz die Entscheidung trifft."

Sie seufzte glücklich und legte ihren Kopf auf seine Schulter. Eng umschlungen gingen sie durch die verschneiten Straßen der Stadt…

Die Mutter

Es gibt drei Lieder auf der Welt:
erstens - das Lied der Mutter,
zweitens - das Lied der Mutter,
drittens - alle übrigen Lieder.

- Rassul Gamsatow -

Die Mutter saß ganz still und reglos im Schatten des mächtigen, alten Pappelbaumes, den noch ihre Eltern einst gepflanzt hatten. Ihr nicht mehr junges, aber immer noch schönes Gesicht war wie vom Schatten verschleiert. Die früher einmal blau strahlenden Augen schauten mit stiller Trauer in sich hinein, und über die bleichen Wangen kullerte eine Träne nach der anderen. Nur die faltigen an harte Arbeit gewöhnten Hände, konnten nicht ruhig und müßig im Schoß liegen, sie bewegten sich unermüdlich. Die nötigste Arbeit getan, saß sie so jeden Tag und konnte Ihre Gedanken nicht loswerden. Immer wieder fragte sie sich: „Warum...? Warum ist mir schon das fünfte Kind genommen worden? Warum, Gott? Womit habe ich es verschuldet? Habe ich sie zu sehr geliebt, dass Du sie mir nimmst?" Aber sie bekam keine Antwort.

Wie in einem Film sah sie ihr Leben vor ihren Augen vorüberziehen. Sie - jung, schön und glücklich, neben ihrem geliebten Mann. Feierabend im Kreise ihrer Eltern und Geschwister. Wie oft spielten sie Gitarre und sangen schöne Volkslieder. Dann kam auch das erste Kind, das kleine süße Mädchen erblickte die Welt, bald danach noch zwei Jungen und ein Mädchen. Das Leben war hart aber schön.

Dann kamen die schweren Kriegsjahre, die Männer wurden alle zur Arbeitsarmee eingezogen - auch ihr Heinrich ging fort. Und sie damals knapp dreißig Jahre alt, blieb mit vier kleinen Kindern und den alten, kranken Eltern allein. So wie auch tausende andere Frauen. Sie steckte den Kindern und Eltern das letzte Stückchen Brot zu, selbst aber, vor Hunger schwach und geschwollen, ging sie jeden Tag schwer arbeiten. Die schlimmste Arbeit war, die todgehungerte Menschen in den Häusern einzusammeln, um sie zu begraben. Aber diese Arbeit musste auch getan werden und dafür bekam man mehr Getreide. Vierundzwanzig Leute aus dem kleinen Dörfchen Rosenwald waren in den schweren Notjahren des Krieges verhungert und in einer Silogrube begraben worden.

Sie aber hatte ihre Kinder vor den Hungertod bewahren können. Nachts ging sie oft zusammen mit anderen Frauen Getreide stehlen, um den Kindern wenigstens eine Getreidesuppe kochen zu können. Dies aber hielt sie nicht für Sünde oder ein Verbrechen, denn es war zu der Zeit die einzige Möglichkeit die Kinder am Leben zu erhalten.

Als die nie enden wollende, schwarze Zeit endlich vorbei war, kam nach langen Jahren der Arbeitsarmee ihr Mann zurück. Krank, halb verhungert, doch wenigstens war er noch am Leben. Was für ein Glück! Sehr viele waren irgendwo in den weiten Wäldern Sibiriens, in den Kohlegruben und in den Lagern für immer liegen geblieben.

Das Leben ging langsam weiter und sie bekamen noch weitere Kinder. Aber Glück war ihnen nicht vergönnt, denn nach den Hungerjahren starben eins nach dem anderen erst die fünfjährige Erna, dann die einjährigen Zwillingsmädchen und jetzt auch noch die vierzehnjährige Lilli. Jedesmal brach die Welt für sie zusammen, es schmerzte, als würde man ihr das Herz aus der Brust reißen. Sie konnte es nicht mehr verkraften, sah keinen Sinn mehr im Leben. Lili war seit einem Jahr tot, aber sie wartete immer noch, dass das zierliche, lebenslustige Mädchen von der Schule auf den Hof gestürmt käme, sie zärtlich umarmen und mit ihrem hellen Lachen die trüben Gedanken wegwischen würde. Doch ein Tag verging nach dem anderen und sie kam nicht wieder. Lili war die lustigste und fröhlichste von ihren zehn Kindern gewesen, sie war ein kleiner, heller Sonnenschein für die ganze Familie, die schon so viel Trauer erlebt hatte. Sie war so tapfer gewesen und kämpfte bis zur letzt gegen die Leukämie an, doch sie hatte den Kampf verloren.

Die Mutter erfuhr die schreckliche Nachricht von Lilis Tod als letzte im Dorf, da das Krankenhau, in dem sich ihr Mann mit der ältesten Tochter befand, um bei der kranken Lili zu sein, vierhundert Kilometer entfernt in der Stadt Barnaul lag und sie zu Hause bei den anderen Kinder hatte bleiben müssen.

Ihr Mann hatte bei der Kolchoseverwaltung angerufen, da er ein Auto brauchte, um den Leichnam nach Hause bringen zu können. Die Leute aus dem Dorf hatten nachts, ganz im Stillen alles zur Beerdigung vorbereitet. Als die Frauen es der Mutter früh morgens, sie hatte gerade die Kuh gemolken, sagten, sackte sie wortlos in sich zusammen.

„Gott, warum gibst Du sie mir, wenn Du sie mir wieder nimmst? Warum? Warum nimmst Du nicht lieber mich? Wofür bestrafst Du mich?" Aber sie bekam keine Antwort.

Sie wusste damals noch nicht, dass in zwei Jahren ihre andere vierzehnjährige Tochter sterben würde und ihr Herz, wie eine nie heilende Wunde ewig schmerzen würde. Sie fragte nicht mehr: „Warum?" Sie hatte sich die Frage selbst beantwortet: „Sie waren für diese Welt zu schade gewesen und jetzt hatte Gott sie zu sich in eine bessere Welt – wo es kein Leid und keinen Kummer gibt – genommen." So tröstete sie sich. Nur so konnte sie weiterleben und stark sein.

Sie wusste nicht, dass nach Jahren voller Arbeit aber auch hin und wieder sonniger Tagen, dann ihr ältester Sohn und knapp danach ihr geliebter Ehemann sterben würde, mit dem sie fünfundfünfzig Jahre Freud und Leid geteilt hatte, der immer wie eine schützende Burg an ihrer Seite gestanden hatte. Von der einmal großen Familie würden nur die Mutter mit den Familien der drei am Leben gebliebenen Kinder und die Familie ihres ältesten Sohnes zurück bleiben.

Zum Glück wusste die Mutter nicht, dass es in ihrem Leben noch mehr Leid und Kummer geben würde.

Sie fragte nicht mehr: „Warum?"Sie nahm das Leben wie es war. Sie freute sich über jeden unbeschwerten Tag des

Lebens, lachte glücklich, wenn die kleinen Enkelkinder und Urenkelkinder sie umarmten und ihr müdes aber immer noch schönes Gesicht streichelten, war froh, wenn sie das fröhliches Lachen der Kinder hörte! In solchen Momenten wusste sie: das Leben ist schön und es lohnt sich zu leben!

Ein außergewöhnliches Geschenk

Dieser Sommermorgen versprach, ein wunderschöner Tag zu werden. Es war ein Morgen, an dem man vom lustigen Vogelgezwitscher und dem spielerischen Kitzeln eines Sonnenstrahls, der auf deiner Nase tanzt, aufwacht, ein Morgen, an dem man aus dem Traum in diese Welt zurückkehrt mit einem Gefühl, dass ein äußerst interessanter und ereignisvoller Tag auf dich wartet. Doch das, was dieser Tag mir brachte, übertraf all' meine Ahnungen und Erwartungen dieses Morgens.

Eine strahlende, vom kurzen Nachtregen reingewaschene Welt begrüßte mich mit mehrstimmigem Vogelgesang, als ich barfuß im leichten Sommerkleid, die Terrassentür zum Garten öffnete. Die angefeuchteten Blätter des Fliederbaums grüßten mich raschelnd im frischen Morgenwind, die Sonnenstrahlen schlingten sich durch die Baumäste und tanzten auf den glänzenden Blättern ihren ungehemmten, lustigen Morgentanz solange, bis ihre zartgrüne mit feinen Äderchen durchgezogene Haut vom heiteren Tanz der Sonnenstrahlen zu dampfen begann. Auf den zarten dunkellila gefärbten Rispen des Flieders, auf den langbeinigen gelben Butterblümchen und auf den samtweichen Rosenblüten, die ihre himbeerroten mit feinen Regentränchen übersäten Blättern der Sonne entgegenstreckten, saßen die fleißigen Bienchen und sammelten, ein lustiges Lied summend, den leckersten nach herben Sommerblumen und frischem Tau duftenden Honignektar, das Getränk, das schon die griechischen Götter besangen. In der Bläue des Himmels, segelten ein paar Schäfchenwolken wie kleine, verlorene Segelschiffe auf dem unendlichen Ozean. Wie ein kleiner Punkt, hing eine Lerche hoch im Himmel und trällerte ihr Lobeslied dem Schöpfer entgegen.

Ich stand reglos da, überwältigt von der Schönheit der Natur und sog die Düfte und Klänge dieses Morgens ein, bis mir schwindlig wurde. Hastig schnappte ich nach frischer Luft und erinnerte mich daran, dass ich noch viel Arbeit vor mir hatte, denn wir bekamen Besuch. Meine Freundin Elfie mit ihrem Mann Udo hatten Besuch aus Paraguay: Elfies Schwester Lena und ihr Bruder Jakow mit seiner Frau Lisa. Ihre Eltern waren 1938 vor Stalins Regime aus Russland nach China geflohen und ein Jahr später aus Schanghai mit anderen Flüchtlingen auf einem Schiff über den indischen Ozean nach Paraguay gefahren. Dort hatten sie gemeinsam mit anderen Flüchtlingen, die allesamt Deutsche aus Russland waren und alle den gleichen plautdietschen Dialekt sprachen, Kolonien gegründet.

Ich beeilte mich in die Küche, um den Hefeteig für den Streuselkuchen und die Zwieback anzurühren, das Gemüse für die kalte russische Suppe Okroschka fein zu schnippeln und den Tisch auf der Terrasse zu decken. Mein Mann hatte dafür zu sorgen, dass der Hof sauber gefegt war und dass das Feuer im Grill rechtzeitig angezündet wurde.

Ich stellte gerade in der Küche das Geschirr für das spätere Kaffetrinken aufs Tablett, als ich hörte, wie mein Mann, der am Grill stand, die Gäste begrüßte. Ich beeilte mich, schnell fertig zu werden, um die Gäste zu begrüßen, doch bevor ich dazu kam, rief mein Mann schon laut nach mir:

„Tina, komm raus, um deine Verwandte zu begrüßen!"

„Welche Verwandte? So viel, ich weiß, sind Elfie und ich nicht verwandt?", meinte ich, als ich herauskam, um unsere Gäste zu begrüßen. Elfie stellte mir ihre Geschwister vor. Wir redeten alle aufgeregt in unserer plautdietschen Muttersprache und nach einigen Minuten kam es mir so vor, als ob wir uns schon eine ganze Ewigkeit kennen würden.

Aus unserer späteren Unterhaltung beim Essen erfuhr ich, dass Jakow, Lena und Lisa mit einer Touristengruppe aus Paraguay die ehemaligen deutschen Dörfer in Sibirien besucht hatten und wieso Lisa und ich, sozusagen, Verwandte sind.

Es stellte sich heraus, dass Lisas Eltern aus meinem Heimatdorf Rosenwald, das unsere Vorfahren vor 100 Jahren in der Kulundasteppe im Gebiet Altai gegründet hatten, stammten. Lisa selbst war schon in Paraguay in der deutschen Kolonie Chako geboren, aber ihr Vater, hatte in Rosenwald das Licht der Welt erblickt. Sogar das alte Haus, das ihr Vater einst aus Wiesensoden anfangs des zwanzigstens Jahrhunderts gebaut hatte, stand noch auf seinen alten Platz, wenn auch keiner mehr darin wohnte, erzählte Lisa uns begeistert und zeigte voller Stolz die Bilder von Rosenwald und ihrem Elternhaus, die sie gemacht hatte. Lisas Mädchenname war Razlaff.

„Sag mal, sieht Lisa nicht deiner Cousine Anna Razlaff verdammt ähnlich?", meinte mein Mann, „Schau ganz gut hin und schüttle nicht gleich verneinend mit dem Kopf." Beim besseren Betrachten stellte ich gewisse Ähnlichkeiten der beiden fest. „Erzähl doch mal, woher der Familienname Razlaff stammt, forderte mein Mann Lisa ungeduldig auf.

Sie erzählte uns, dass ihr Bruder, der sich intensiv mit Familienforschung beschäftigte, herausgefunden hatte, dass alle Razlaffs, die einst aus Preußen in Russland eingewandert waren, von einem Schweizer Offizier stammten, so dass alle Razlaffs, die mal in Russland gelebt haben, verwandt miteinander sind. Und da Agnes die jüngere Schwester meines Vaters und Anna die ältere Schwester meiner Mutter beide mit den Brüdern Razlaff aus unserem Dorf verheiratet waren, waren ich und Lisa angeheiratete Verwandte. Ich gab ihr die Telefonnummern meiner Cousine mütterlicherseits und meines Cousins väterlicherseits, damit sie sich kennenlernen könnten.

Wir verbrachten einen wunderbaren Nachmittag. Es wurde viel geredet, gelacht und gesungen. Plötzlich fragte Lisa mich, ob ich das russische Volkslied „Glöckchen" kennen würde und summte mir die Melodie vor. Ich nahm die Gitarre und sang leise mit: „Leis´ das Glöckchen ertönt so verschwiegen, auf dem Weg tanzt der Staub sacht, wie Schnee, wo die Wege durch Felder sich schwingen singt der Fuhrmann sein Lied voller Weh´."

Dieses Lied ist eines meiner Lieblingslieder. Sobald ich die ersten wehmütigen Klänge und Worte dieses Liedes singe oder höre, sehe ich vor mir die weite Steppe Sibiriens, die im Frühling, wie ein farbenfroher Teppich mit blühenden bunten Blumen, bedeckt ist, das unendlich weite Meer der gelben Weizenfelder und die lichten, weißbeinigen Birkenwäldchen. Ich sehe in meinen Tagträumen den langen, kalten, schneereichen Winter, in dem unser Dörfchen mitten in der Steppe im Dornröschenschlaf versunken steht. Beim Singen dieses Liedes, frage ich mich jedesmal, was das für ein Mensch gewesen sein konnte, der so eine wunderschöne Melodie komponiert hatte, die einen auch noch hunderte Jahre später zum Träumen verleitet.

Nachdem ich das Lied in Russisch gesungen hatte, nahm Lisa die Gitarre und meine Gäste aus Paraguay sangen das Lied mit einem anderen plattdeutschen Text. Sie erzählten mir, dass unsere Landsleute, die im neunzehnten Jahrhundert aus Russland nach Mexiko ausgewandert waren, auf die beliebte Melodie, die sie so sehr an ihre alte, ferne Heimat erinnerte, einen neuen Text gedichtet hatten. So lebt dieses Lied, wenn auch in einer anderen Version in Mexiko weiter. Gute Musik ist zeit- und grenzenlos.

Den ganzen Nachmittag drehte sich in meinem Kopf der Gedanke, wie sehr mein Vater begeistert gewesen wäre, so einen ereignisvollen Tag erleben zu dürfen, wie sehr er sich gefreut hätte, dass sich Menschen aus drei verschiedenen Ländern einfach so, ohne Grenzen treffen können und dabei nebenbei feststellen, dass sie aus demselben Dorf stammen und nicht nur dieselbe plattdeutsche Sprache sprechen, sich wunderbar verstehen, sondern auch noch fast verwandt sind.

Mein Vater litt sein ganzes Leben lang darunter, dass wir in einem Land lebten, dass seine Grenze vor dem Rest der Welt verschlossen hielt. Er beklagte sich oftmals, dass es in der Sowjetunion keine Bücher zu kaufen gab, die die wahrhafte Geschichte und das Schicksal unseres Volkes erzählen würden, dass man sich nicht mit Menschen aus anderen Ländern austauschen könnte, die Verwandte und

Freunde im Ausland nicht besuchen dürfte und nicht frei über sein Leben verfügen konnte. Er hörte insgeheim Radiosendungen aus Amerika und Deutschland und, obwohl der Empfang furchtbar schlecht war und das Radio schnarrte und knisterte, saß er stundenlang, das eine Ohr dicht dem Kasten zugewandt und versuchte aus einzelnen Wörtern, die er aufschnappen konnte, sich zusammenreimen, was in der großen Welt hinter dem Eisernen Vorhang vor sich herging.

Auch noch Tage später nach unserem Besuch verlies mich der Gedanke nicht, wie glücklich wir uns schätzen können, dass sich die Welt verändert hat und wir uns jetzt frei bewegen und reisen dürfen und ohne Angst darüber reden dürfen, was unsere Eltern und Großeltern alles erdulden mussten, nur weil sie Deutsche waren und in einem Land lebten, das sie behandelte, als wären sie Feinde. Sie hatten dieses Land lieb gewonnen und geglaubt, dass dieses Stückchen Erde zur Heimat für sie, ihre Kinder und Enkel geworden wäre.

Mir wurde klar, wie klein im Grunde genommen unsere Welt ist, und wie sehr wir Menschen, egal welcher Nation wir auch angehören, uns ziemlich ähnlich sind. Wir lieben dieselben Lieder, wir halten das Fleckchen Land, auf dem unser Elternhaus steht und wo unser Herz sich zu Hause fühlt, für das Schönste auf der ganzen Welt und nennen es – Heimat. Wir wünschen uns nichts sehnlicher als dass unsere Kinder und Großkinder, unsere Lieben, unsere Freunde gesund und glücklich sind und das ewig auf unserem kleinen Planeten Frieden herrschen möge. Wieso ist das denn nicht machbar? Sind wir nicht alle Gottes Kinder und miteinander verwandt?

Ich bin dem Schicksal unendlich dankbar, dass es mir so ein außergewöhnliches Geschenk gemacht hat, dass es mir einen Tag geschenkt hat, der meine Seele tief berührte und mich gelehrt hat, viele Dinge im Leben aus einem anderen Augenwinkel zu betrachten. Diesen Tag werde ich für immer in meinem Herzen bewahren.

Morgenträume

Lena wachte früh morgens um fünf vom lustigen Vogelgezwitscher auf. Es wurde langsam hell. Sie lag ganz still, mit geschlossenen Augen, verzaubert von der wunderschönen Morgenmelodie. Nebenan schnarchte ihr Mann, dies störte ein bisschen das Morgenidyll, gleichzeitig gab es ihr aber Geborgenheit.

In Gedanken sah sie Bilder aus ihrer Kindheit und Jugend und versuchte so lange wie möglich die vertrauten, verschwommenen Bilder ihrer ferner sibirischen Heimat festzuhalten.

Sie sah ein kleines sommersprossiges Mädchen mit langen blonden Zöpfen auf einer bunten Wiese stehen. Es hatte dem kleinen Kalb Milch gebracht, und solange es trank pflückte sie die bunten Wiesenblumen, um sich nachher einen schönen Kranz zu flechten. Dann legte sie sich ins hohe weiche Gras und schaute den kleinen weißen Schäfchenwolken zu, die sich ganz langsam auf dem unendlich hohen blauen Himmel bewegten und immer neue Phantasiegebilde formten. So einen Himmel hatte sie in Deutschland noch nie gesehen. Es war ein sehr heißer Sommertag, die Luft flimmerte vor Hitze, und eine kleine Lerche, die hoch zwischen Himmel und Erde flog, war nur ein kleiner Punkt im unendlichen Blau. Wenn man nicht ihr mal lauteres und manchmal stilleres Trällern, je nachdem in welcher Höhe sie war, gehört hätte, hätte man die kunstfertige Sängerin ganz übersehen können.

Lena seufzte, drehte sich im Halbschlaf auf die andere Seite mit dem Gesicht zum schlafenden Mann und sah ein junges schlankes Mädchen auf der Bank im Hof unter der alten riesigen Pappel mit ihrem Vater sitzen. Die langen Äste des Baumes verbreiteten sich beinahe über den gesamten Hof und bei der Hitze war es in seinem Schatten angenehm kühl und wenn man sich unter seinen breiten dichten Zweigen ins weiche duftende Gras legte, rauschten und flüsterten seine Blätter eine leise Melodie bis man ruhig und geborgen einschlief.

Der Vater und Lena warteten gespannt, ob die Schwalben in diesem Frühsommer ihr Nest in der Scheune bauen würden? Die Vögel flogen schon den ganzen Vormittag hin und her, schwebten und zwitscherten erregt und konnten sich immer noch nicht entscheiden, ob es für ihre Kleinen hier sicher sein würde oder nicht. Der Vater hatte extra unter dem Dach in der Scheune ein Brettchen angenagelt, damit die Schwalben darauf ihr Nest bauen konnten. Vor einigen Jahren lebte in der Scheune eine Schwalbenfamilie, bis der Kater eines Tages die Kleinen auffraß. Seitdem kamen die Schwalben im Frühsommer, drehten ein paar Runden in der Scheune und flogen wieder fort. Aber dieses Jahr blieben sie endlich! Lena und ihr Vater waren sehr glücklich darüber, denn im Volksmund hieß es: „Wo die Schwalben sich niederlassen, da kehren Glück und Friede ein". Außerdem war es sehr interessant und spannend, den kleinen, flinken schwarzweißen Vöglein bei ihrer Arbeit und ihrem unermüdlichem Hin- und Herfliegen zuzusehen.

Lena hatte den Bezug zur Realität verloren, sie hörte nur noch den Gesang der Vögel. Für sie war es eine wunderschöne Symphonie, die sie auf Wellen der Phantasie in ihre Vergangenheit schweben lies.

Ihr nächster Phantasietraum brachte sie zu einem warmen Sommerabend. Es war still im kleinen Dorf, nur manchmal hörte man einen Hund bellen, eine Tür knarren, und weit in der Ferne erklang ein trauriges Lied, das die Mädchen sangen. In einem rotblumigen Kleid stand sie mit ihrer „ersten Liebe" unter dem glitzernden Sternenhimmel. Sie küssten sich zum ersten Mal zärtlich, schüchtern und unbeholfen. Der Wind spielte leise mit ihren langen Haaren und vermischte sie mit dem blonden Haarschopf des Jungen. Er strich ihr die Haarsträhnen leise und behutsam aus dem Gesicht, während er sie immer wieder küsste und sich, so schien es, nicht satt trinken konnte vom süßen Nektar ihrer Lippen. Seine Augen leuchteten betrunken vor Liebe im silbernen Licht des Mondes. Zwischen den Küssen flüsterte er immer wieder leise: „Meine Steppenprinzessin, meine kleine weiße Birke...", und trug sie lange über die Steppe. Lena spürte seine starken Hände, hörte sein verrücktes Liebesgeflüster, und sie waren eins mit der Steppe, dem Himmel, den Blumen und Bäumen, mit der ganzen Welt!

Der Wecker klingelte wie immer pünktlich um sechs. Lena sträubte sich gegen das Aufwachen und versuchte mit aller Gewalt die glücklichen Bilder der Vergangenheit festzuhalten. Sie brauchte das Gefühl der Geborgenheit jetzt, in diesem für sie immer noch fremden Land so sehr, wie sie es noch nie zuvor gebraucht hatte. Es war vergeblich. Der graue Alltag hatte sie wieder. Lena stand auf, kochte Kaffee, deckte den Tisch, weckte den Mann, der noch seelenruhig schnarchte und leider kein Märchenprinz war, aber sie war ja schliesslich auch nicht mehr das junge schöne und naive Mädchen von damals.

Es gibt immer einen kleinen Augenblick zwischen der Vergangenheit und der Zukunft, den man Leben nennt, und diesen Augenblick lebte sie jetzt.

Lena weckte die Kinder, und als der Mann und die beiden Töchter gegangen waren, machte sie sich auf den Weg zur Arbeit. Sie warf einen letzten prüfenden Blick in den Spiegel und ein geheimnisvolles Lächeln huschte über ihr Gesicht. „Bis Morgen meine kleinen Zaubersänger, bis Morgen…", sagte Lena leise zu den noch immer singenden Vögeln. Dann ging sie hoch erhobenen Hauptes und mit leichten Schritten dem neuen Tag entgegen!

Agnes Gossen-Giesbrecht
zum Buch von Katharina Fast-Friesen „Mein letzter
Ritter der Tugend": *Geschichten einer singenden
Toilettenfrau,* Books on Demand GmbH, Norderstedt,
2011, **152 Seiten,** Covergestaltung by Elvira Fast,
Illustrationen by Elena Wiebe-Siemens, **ISBN 978-3-8423-
5807-2**

Singen war und ist für Katarina Fast, geborene Friesen,
schon immer so selbstverständlich wie Atmen und
Sprechen. Sie singt nicht nur in ihrer Muttersprache
Plattdeutsch, sondern seit der Schulzeit auch auf
Russisch und Hochdeutsch, wo sie auf vielen
Laienkonzerten und Wettbewerben erste
Bühnenerfahrungen sammelte. Das erworbene Können
setzte sie in den Jahren danach in ihrer Tätigkeit als
Kulturhausleiterin ein. Einmal im Jahr wurde ein in der
„plautdietschen" Mundart gespieltes Theaterstück mit
Liedern und alten Volkstänzen im Kulturhaus und in den
benachbarten Ortschaften aufgeführt. Da sehr wenig
plattdeutsches Material vorhanden war, übersetzte sie
viele Stücke und Sketsche aus dem Russischen oder
dichtete selbst etwas Neues. Während der Perestroika
wurden in den deutschen Dörfern in der Altai Region
einige gemeinsame deutsch/russische Volksfestivals, an
denen auch sie Teil nahm, durchgeführt.
Im Jahr 1992 erfolgte die Ausreise nach Deutschland.
Das Einleben war nicht einfach, aber Katharina wusste
sich selbst zu helfen, indem sie anfing ihre Gedanken,
Gefühle und Erlebnisse in kurzen Geschichten zu
verarbeiten. Sie ist ein Mensch zweier Kulturen und sieht
viele Dinge aus einer anderen Perspektive, gespeist von
ihrem angeborenen Sinn für Humor. Dieser Blick auf die
Welt spiegelt sich in ihren Humoresken und
Kabarettstücken wieder. Das Verfassen und Aufführen

dieser ist inzwischen zu ihrer Lieblingsbeschäftigung geworden. Das Buch, das eine repräsentative Auswahl ihres bisherigen Schaffens enthält, wurde schon sehnsüchtig von ihren Fans erwartet. Die Nachfrage hinsichtlich einer Buchversion zeigte sich bei ihren Auftritten und Lesungen seit Langem.

Elena Wiebe-Siemens, der die Autorin einige ihrer Erzählungen zugeschickt hatte, war von den Geschichten so angetan, dass sie prompt zu diesen Illustrationen anfertigte. Die Zeichnungen spiegeln hervorragend die Gedankenwelt der mit viel Humor und Augenzwinkern geschirebenen, teilweise skurrilen Geschichten („Das Heiratsinserat", „Männer und Unkraut") wieder. Sie passen auch zur Gefühlswelt der teils nostalgisch-traurigen Erzählungen („Die Mutter", „Herbst in Sibirien oder Augenblicke des Glücks") sowie teils auch sehr romantischen Erzählungen („Magie der Nacht", „Eine zauberhafte Winterromanze"), denen wunderschöne Naturbeschreibungen („Die blaue Stadt", „Morgenträume") gemein sind.

Katharina Fast bevorzugt einfache Situationen aus dem täglichen Leben. Das besondere daran ist der Blickwinkel der Autorin. Wo der eine wütend oder enttäuscht reagiert, lacht der andere schallend. Die Geschichten scheinen auf dem ersten Blick einfach „gestrickt" zu sein, aber jede von ihnen hat einen tieferen Sinn, welcher ein Werk erst zu echter Kunst erhebt.

Ich freue mich für diese vielseitig talentierte Frau, die ich seit mehreren Jahren kenne und sehr schätze und teile ihre Freude auf das „Neugeborene" – ihr erstes Buch. Ich wünsche ihm viel Erfolg und Bewunderung bei den künftigen Lesern sowie viele genau so wohl geratene, schlagfertige und unterhaltsame Geschwister.

Agnes Gossen-Giesbrecht, Bonn